LES POLICIERS

Les trois crimes d'Anubis

Didier Convard

Illustrations de couverture
et d'intérieur :
Paul

MAGNARD JEUNESSE

Collection animée par Jack Chaboud

20, rue Berbier du Mets
75 013 Paris

Loi n° 49-956 du 16-07-1949 sur les publications destinées à la jeunesse.
www.magnard.fr

1
Le premier crime d'Anubis

Ce vendredi matin, en ouvrant sa boîte à lettres pour prendre connaissance de son courrier, le professeur Léonard Mélisson ne sait pas qu'il ne lui reste plus que quelques minutes à vivre. Comme tous les matins depuis qu'il a pris sa retraite, le vieil homme fait les mêmes gestes devenus rituels. Il attrape distraitement les quelques enveloppes sans les regarder, les fourre dans une poche de sa robe de chambre, se rend dans le petit bureau de son pavillon, donne de la lumière et s'assoit dans son antique fauteuil de cuir craquelé. Là, il soupire. C'est toujours à ce moment qu'il pousse son premier soupir. Sans raison. Par manie. Sans doute à cause du petit effort qu'il a dû accomplir en descendant l'escalier qui conduit de sa chambre au palier. Trente-sept marches. Neuf pas jusqu'à la porte du vestibule. Dix-huit pas pour accéder au salon…

Il soupire et, de sa poche, il dégage le paquet de lettres qu'il pose sur ses genoux, le regarde un instant, attrape ses lunettes qui sont restées sur la table à portée de main et les cale sur son nez.

Cette fois, la cérémonie de l'ouverture du courrier peut commencer. Une à une les enveloppes sont soigneusement décachetées, les lettres ou prospectus extraits, lus attentivement puis classés en deux tas à ses pieds. Un premier tas pour ceux qui ne nécessitent pas de réponse. Un second tas pour ceux, plus rares, qui obligeront Léonard Mélisson à se mettre à son bureau pour son travail quotidien d'écriture.

Mais ce vendredi matin, le professeur Léonard Mélisson fait une découverte surprenante qui le rend mal à l'aise. « Une plaisanterie ! » pense-t-il en tombant sur une enveloppe blanche. Entièrement blanche ! Une enveloppe sans son nom, sans son adresse ! Il s'interroge un instant en la tournant et retournant, étonné, curieux et inquiet. Et puis, il y a ce léger parfum qui flotte d'un seul coup autour de lui. C'est une odeur étrange, très discrète, mais tellement inhabituelle qu'il croit d'abord la rêver.

« À moins que ce soit une de ces publicités ridicules, dit-il à voix basse. On ne sait plus quoi inventer pour vendre n'importe quel produit de bazar ! »

De mauvaise humeur, le visage assombri et le front marqué de deux grosses rides, il déchire rageusement l'enveloppe et en sort une feuille pliée en quatre. Il l'ouvre et reçoit un choc qui le fait se raidir, le dos collé à son fauteuil. Pareille à l'enveloppe, la feuille est blanche. Blanche des deux côtés !

Pourtant, cette lettre vierge lui livre un message qui le fait trembler des pieds à la tête comme s'il en comprenait aussitôt la signification.

Le professeur Léonard Mélisson laisse retomber la main qui tient la lettre nue. Il la regarde, pâle, horrifié, la bouche entrouverte. Tout son corps est parcouru de tics nerveux.

Alors, lentement, il baisse un peu la tête et renifle le morceau de papier.

« Anubis ! » murmure-t-il en analysant le parfum mentholé qui se dégage du message. Car c'est la seule chose que contient cette lettre sans nom : un âcre parfum de menthe épicée !

Léonard Mélisson a abandonné son fauteuil. Il marche maintenant dans son bureau comme le vieil ours qu'il est devenu avec le temps, tête rentrée dans les épaules, bras ballants, front bas.

Il bougonne, s'arrête de temps à autre pour se plonger dans une profonde méditation dont il ressort à chaque fois plus énervé, plus terrifié.

« Cette odeur de menthe, ne cesse-t-il de répéter. Cette maudite odeur que j'avais oubliée ! Des feuilles de menthe qui auraient pourri... »

Il regarde le téléphone, donnant l'impression qu'il va l'utiliser, mais il se ressaisit et reprend sa ronde de fauve prisonnier.

« Non... Nous nous étions promis de ne jamais plus nous appeler... Car, même la voix, IL peut la percevoir ! IL sait comment la capter ! »

Il s'arrête devant la fenêtre qui donne sur le minuscule jardin de son pavillon. Par un effet de lumière, la vitre, telle un miroir, lui renvoie son image. Il éclate d'un rire insensé à la vue de cet homme qui porte sportivement ses soixante-dix ans et qui parle seul, blême de peur à cause d'une légende absurde.

« C'est stupide, s'exclame-t-il, s'adressant à son double transparent. « Il » n'existe pas ! Ou « il » est mort depuis des siècles et n'est plus que poussière dans le sable du désert ! Mort, mort ! »

Un rayon de soleil vient frapper la fenêtre et efface l'image du professeur Mélisson. Lentement, tel que l'aurait fait une gomme, la lumière blanche qui s'étend sur la vitre lui vole son image.

Ce banal phénomène contribue à amplifier la panique de l'homme qui se rappelle un antique poème égyptien :

Salut à toi, RÉ, Mon Maître,

Pour Toi est venue l'heure de paraître.

Pour moi est venue celle de disparaître.

Le craquement d'une lame du plancher l'oblige à se retourner. Ne pouvant plus contrôler les tremblements de ses mains, une sueur glacée lui coulant dans le bas des reins, il esquisse un pas, puis un second…

Un léger courant d'air à hauteur de ses chevilles le fait frissonner.

« IL est là, articule-t-il d'une voix blanche, la gorge sèche. IL est entré dans la maison. IL est venu me chercher… »

Léonard Mélisson se dit qu'il devrait retourner vers le téléphone, composer le numéro du commissariat de police ou celui des Béranger, ses voisins. Il pourrait appeler à l'aide, demander qu'on accoure à son secours. « Ce serait inutile. »

Un deuxième craquement de plancher résonne dans le couloir, à cinq mètres seulement du professeur. Derrière la cloison.

Mélisson est paralysé par la peur. Il reste debout au milieu de la pièce, agité de tressaillements de plus en plus convulsifs. Il attend. Il sait qu'il ne peut plus rien faire d'autre. Dans moins d'une minute, lui, le professeur Léonard Mélisson, le célèbre égyptologue, ne sera plus de ce monde.

Il prononce un ultime mot : « ANUBIS ».

En venant prendre son service, la première chose anormale que remarque Huguette Sauvignard, la femme de ménage du professeur Léonard Mélisson, c'est le portail du jardin entrouvert. Connaissant l'esprit méthodique et plutôt maniaque du professeur, elle s'en étonne aussitôt. Puis, en y regardant de plus près, elle est soudainement saisie d'une appréhension. La serrure du portail a été forcée !

« Professeur ! »

Huguette Sauvignard a crié de sa voix pointue. Aucune réponse ne lui revenant, elle tente un pas inquiet sur l'allée de gravillons.

« Professeur, c'est moi, madame Sauvignard !

– Eh bien, que se passe-t-il ? demande-t-on derrière elle.

– Ah, monsieur Béranger ! s'exclame la femme en reconnaissant le voisin de Léonard Mélisson. »

Monsieur Béranger porte une baguette de pain et des croissants contre sa poitrine. Il s'apprêtait à rentrer chez lui pour confectionner un petit déjeuner dégoulinant de beurre et de confiture qu'il partagera avec sa femme.

Déplaçant sa masse énorme, soufflant comme un sumo dans l'effort, il rejoint Huguette Sauvignard.

« Eh bien ? reprend-il en donnant un coup de menton en avant avec son air d'ancien adjudant de carrière.

– Voyez vous-même, lui dit la femme de ménage. Ce n'est pas normal, pour sûr ! Je crains qu'il soit arrivé malheur au professeur. Regardez… Il n'y a que le facteur, moi et le professeur qui possédons une clef du portail… J'allais l'ouvrir quand… »

Et elle désigne la serrure qu'un pied de biche a certainement réussi à ouvrir sans difficulté.

Le gros homme se penche lentement sur le verrou, l'examine sur tous les côtés, redonne un coup de menton dans le vide, se redresse et, de la voix grave de ceux qui sont habitués à prendre des décisions, annonce :

« Il faut entrer ! Mais vous, madame Sauvignard, restez là… Tenez, gardez mon pain et mes croissants. »

S'étant allégé d'une partie de son petit déjeuner, monsieur Béranger, tête haute et épaules droites, s'avance sur l'allée de gravillons qui crissent à chacun de ses pas.

Huguette Sauvignard le regarde avec admiration et angoisse. Rien n'a bougé dans la maison. À part le bruit d'éléphant que fait l'énorme voisin, c'est le silence. Un silence inhabituel.

Monsieur Béranger a atteint le perron. Il en gravit les cinq marches et lance un juron. En poussant à peine sur la porte, celle-ci s'est entrouverte immédiatement.

Soit le professeur Mélisson a oublié de la fermer à clef la veille, supposition impensable de sa part ; soit l'intrus qui a fracturé la serrure du portail donnant accès au jardin a réussi à s'infiltrer dans le pavillon.

En une autre circonstance, le voisin se serait contenté de rebrousser chemin pour aller téléphoner immédiatement au commissariat. Mais il a son honneur à préserver ; madame Sauvignard est là et ne le quitte pas des yeux.

Se souvenant d'un passé glorieux où il entraînait des commandos, il ouvre la porte après avoir préalablement jeté un rapide coup d'œil sur les lieux.

Rassuré, il s'engage avec prudence dans le vestibule du pavillon. Un courant d'air froid venu par derrière le saisit aux mollets.

« Vous voyez quelque chose ? lui demande la voix aigre de la femme de ménage, restée à l'entrée du jardin.

– C'est cela, grogne-t-il. S'il y a quelqu'un d'autre que le professeur dans la maison, il sait maintenant que je m'y trouve aussi ! Je fais une cible parfaite… Impossible de me manquer ! »

Face à lui, l'escalier qui conduit aux chambres.

Toujours aucun bruit. Béranger connaît « le terrain » pour avoir partagé de nombreuses parties d'échecs avec le professeur, les soirs d'hiver. Là, il y a le petit couloir qui mène à la cuisine… Ici, c'est le bureau que Mélisson a installé en mordant sur une partie de la vaste salle à manger…

Le bureau. Pourquoi le gros homme est-il attiré par cette pièce ? Ce parfum, peut-être ! Ce si mince parfum qui rappelle la menthe, fragile, presque insoupçonnable, qui, en s'échappant du bureau, conduit Béranger à s'y aventurer.

« Vous voyez quelque chose, monsieur Béranger ? lui hurle Huguette Sauvignard, de son arrière-poste.

– Si je vois ! murmure-t-il dans un souffle. »

Le professeur Léonard Mélisson gît sur le tapis, les bras étendus en croix. Il regarde, sans le voir, un petit ange en plâtre de la moulure du plafond.

Ce que ses yeux morts ont considéré plus tôt devait être effroyable à en juger par l'expression d'épouvante qui le défigure et lui donne l'aspect d'une statue de glaise à laquelle on aurait abîmé le visage.

Béranger se détourne et s'apprête à quitter la pièce quand un son feutré, à l'étage, le saisit et lui enserre le cœur dans un étau.

Mais ce n'est qu'un chat. Un chat noir avec de grand yeux fixes très brillants qui descend l'escalier, lentement, sautant délicatement d'une marche à l'autre.

Hautain, l'échine creuse, il passe devant monsieur Béranger en l'ignorant pour se glisser dans l'entre-bâillement de la porte du vestibule et disparaître dans le jardin.

L'homme ne peut réprimer l'horreur que l'animal a fait naître en lui.

« Mélisson n'a jamais eu de chat ! pense-t-il. Et celui-ci avait une drôle d'odeur… Un parfum de menthe ! »

2
Le secret de Quentin

VENDREDI, dix-huit heures trente. La sonnerie du téléphone… Quentin saute sur le combiné.

« Ça, c'est p'pa qui va me dire qu'il sera en retard !

– Allô ?

– Quentin ? C'est papa. Ta mère n'est pas encore rentrée ? »

Le garçon sourit pour lui-même.

« Non, elle est à la librairie. Je crois qu'elle doit établir le stock de je ne sais plus quel paquet de bouquins sur l'art flamand. Tu es où, toi ? Je t'attends. »

Embarras du père. La petite toux habituelle.

« Je suis encore au bureau. J'aurai un peu de retard... C'est à cause d'une affaire qui vient de nous tomber dessus ! »

« Gagné ! » pense Quentin en imaginant déjà la phrase qui doit suivre.

« Je serai là dans moins de deux heures, promis !

– Je te crois, p'pa.

– Tu ne manges pas, hein ? Je t'ai dit qu'on irait au restaurant. J'ai dégotté un nouveau troquet rudement sympa. Tu aimes toujours les escalopes « cordon bleu » ? Tu sais, avec du fromage et du lard...

– J'aime toujours. Maman n'en a plus fait depuis... »

Mais Quentin se retient. Il allait parler du divorce et ce mot lui brûle la bouche. Cela va faire un an que ses parents se sont séparés. Une année trop lourde pour un garçon de treize ans qui ne veut pas comprendre les raisons importantes qui conduisent deux adultes encore amoureux à se quitter pour faire leur vie chacun de leur côté.

Le silence a duré quelques secondes sur la ligne. C'est le père qui le rompt :

« Attends-moi, Quentin. Je jure que je ferai vite. Mais tu comprends, n'est-ce pas ?

– Bien sûr ! C'est quoi, cette fois ?

– Un meurtre. On a assassiné un certain professeur Mélisson. Au début, quand il a été découvert par un voisin, les apparences pouvaient faire croire à une crise cardiaque. Le légiste a découvert une minuscule aiguille dans le cou du mort. Une pointe empoisonnée à l'aide d'une solution originale dans laquelle entre de l'extrait de menthe... Je t'expliquerai. »

Le nom de Mélisson rappelle quelque chose à Quentin. Il fouille dans sa mémoire où tout est parfaitement rangé, étiqueté, classé. « Mélisson. Léonard Mélisson, né en 1927. Égyptologue réputé. A participé à de nombreuses fouilles dont celle, la plus importante, à Médineh, au sud de Thèbes, sur la rive gauche du Nil... Auteur de multiples ouvrages et d'un film sur le pharaon maudit Akhénaton. »

« Bon, je t'attends, p'pa. »

Et Quentin raccroche. Il a deux heures devant lui car sa mère rentrera sans doute très tard comme tous les vendredis, profitant de ces soirées où son ex-mari vient chercher leur fils pour passer le weekend avec lui.

« J'ai le temps d'aller voir Diogène », se dit le jeune garçon.

Il enfile un gros pull, saute dans ses tennis et griffonne un mot pour sa mère au cas où celle-ci romprait avec ses habitudes et rentrerait plus tôt.

Deux tours de clef dans la serrure, trois étages à dévaler en tentant de gagner une seconde sur son temps record établi la semaine précédente... Arrivé au rez-de-chaussée, un petit coup d'œil à sa montre chronomètre pour y lire le verdict.

« Et voilà ! L'exploit vient d'être accompli par Quentin Victor qui a descendu trois étages en moins de douze secondes ! »

Fier de lui, il fourre ses mains dans ses poches et, sifflotant l'air d'un tube idiot à la mode, il traverse la cour du quatre, avenue de la Porte Brancion, dans le quinzième arrondissement de Paris. Il prend à droite en direction de Vanves.

C'est l'automne et la ville goûte encore à ses dernières soirées de lumière. Les immeubles qui bordent le périphérique se découpent sur un ciel gris bleu que la pollution seule sait rendre aussi dense.

En marchant, Quentin repense à ce que lui a dit son père concernant le crime du professeur Mélisson.

C'est l'arme du meurtre qui retient son attention. Une pointe empoisonnée !

Quentin cesse de siffler. Il s'arrête quelques secondes pour mieux réfléchir. Il impose à sa mémoire de lui ressortir un « dossier » où il est question de crimes commis par des assassins utilisant des sarbacanes.

L'ordinateur naturel du jeune garçon a rapidement trouvé les éléments demandés. « Affaire des trois frères péruviens. Arrêtés en 1994 à Bayonne. On les soupçonnait à juste titre d'avoir tué une partie de leur famille pour obtenir les bénéfices d'un héritage important. Ils avaient utilisé une arme antique et traditionnelle en usage quelques siècles plus tôt dans leur pays d'origine : une sarbacane. Ils s'étaient servis d'un tube à rideaux de douches pour la confectionner ! Ce n'est qu'au terme d'une perquisition maniaque que l'on découvrit des traces de curare à l'intérieur de ce tube anodin ! »

Quentin reprend sa route. Il a oublié l'insignifiante rengaine que tout le monde a dans l'esprit actuellement. Il se rapproche d'un petit terrain vague qui était autrefois un chantier sur lequel aurait dû s'élever un garage. Mais un jour, les travaux avaient cessé d'un seul coup. Nul n'en sut jamais la cause. Sans doute un promoteur peu scrupuleux avait-il fait faillite ?

Peu importait la raison de l'arrêt des travaux qui laissèrent tout près du périphérique un pré sauvage au milieu duquel avait été oubliée une énorme bonde. C'était là, dans ce gros tonneau métallique rouillé, que Diogène avait élu domicile un certain premier janvier !

Et Diogène est devenu l'ami de Quentin.

En réalité, le véritable nom de Diogène est Bernard Brugidou. Mais ce nom a été abandonné par le vieil homme le premier matin de ce mois de janvier d'une nouvelle année qui ne devait plus ressembler aux années précédentes.

Avant de devenir un étrange vagabond parisien philosophe, Brugidou était un généticien estimé.

Célibataire, abruti de travail, stressé, toujours à fouiller l'infiniment petit de la matière, il lui a pris l'envie soudaine de consacrer le reste de sa vie à lire, méditer, rêver ! Rêver enfin…

Là, sur ce petit lopin d'herbes et d'orties, clos de palissades mal clouées, le savant s'est transformé en un Diogène barbu. Depuis, dans ses grands yeux verts, s'est mise à briller une petite flamme vive qui ne s'est jamais plus éteinte.

Avec le temps, son esprit est parvenu à effacer le roulement incessant des voitures du périphérique.

Quentin fait coulisser deux planches de la palissade qui servent de porte d'entrée. Les ayant remises en place derrière lui, le garçon se dirige ensuite vers le tonneau géant devant lequel ont été soigneusement disposées une table et deux chaises pliantes.

Sur l'une des chaises, dos au boulevard qui, en contrebas, accueille les encombrements nerveux d'un vendredi soir, confortablement assis, Diogène est plongé dans la lecture d'un journal. Son petit poste à transistors, posé à ses pieds, diffuse un débat politique.

Bien sûr, le vieil homme a entendu Quentin mais, comme à son habitude, il ne réagit pas immédiatement. Il attend que celui-ci soit presque à sa hauteur pour laisser tomber son journal sur ses genoux, relever sa maigre tête et dire :

« Je croyais que c'était le soir de ton père ! En retard, cette fois encore ? »

Quentin tire la chaise libre et s'assoit en face de son ami.

« Il vient de me téléphoner du bureau. Un crime lui est tombé dessus. Tu as écouté les informations ?

– Oui. Il paraît qu'on a retrouvé l'égyptologue Léonard Mélisson dans le bureau de son pavillon, à Sèvres. Le criminel a fait preuve d'excentricité à en croire les journalistes. Il aurait projeté une petite pointe empoisonnée dans le cou de sa victime. Tu te rends compte, à notre époque ? On dispose de tous les moyens les plus sophistiqués pour éliminer son prochain et un type se sert d'une arme vieille comme le monde !

– C'est justement par cette affaire que mon père est retenu, précise Quentin.

– Ah... fait Diogène. Je présume donc que tu vas l'aider comme tu l'as fait la dernière fois avec l'histoire de la « Bande des Masques ».

– Je pense, oui. Mais il ne doit rien en savoir. S'il se doutait que c'est moi qui suis son mystérieux informateur, je ne sais pas comment il réagirait ! »

Diogène cligne d'un œil et sourit dans sa barbe, creusant une multitude de minuscules rides dans ses joues pâles.

« Tu serais surtout obligé de lui dévoiler ton secret, Quentin ! Un sacré secret, n'est-ce pas ? »

Le garçon ne bronche pas. Il n'aime pas parler de son secret. Même avec son meilleur ami, le seul auquel il se soit confié, assuré qu'il ne le trahirait jamais.

Diogène poursuit :

« Je comprends tes raisons. Mais cela ne doit pas être facile tous les jours de tricher avec toi-même, de montrer aux autres l'image d'un gamin normal. Il n'y a pas des moments où tu t'oublies ? »

Quentin soupire et répond :

« Si, de plus en plus. Je ne suis pas assez prudent. Avant hier, au cours du contrôle de mathématiques, au moment de remettre ma copie au prof, je me suis rendu compte que j'avais corrigé l'énoncé et réécrit entièrement les données. J'ai dû refaire mon devoir en moins de deux minutes et m'ingénier à y glisser quelques erreurs pour ne pas éveiller l'attention !

– Et ta mémoire ? demande le vieil homme. Je n'ai jamais compris comment tu parvenais à la domestiquer comme tu le fais. Moi, j'aurais la chance de posséder une telle mémoire, je ne saurais pas la contrôler. Je me sentirais obligé de rétablir la vérité dans les moindres conversations... C'est fou ce que les gens affirment comme bêtises ! »

Quentin hausse les épaules.

« Ça, je m'y suis habitué, souffle-t-il. Le tout, c'est de garder le silence. Je passe pour un adolescent rêveur, un peu marginal et le tour est joué ! Mes parents mettent maintenant mes attitudes sur le compte de leur divorce. Mes copains me prennent malgré tout pour une « grosse tête » mais m'ont accepté. C'est du côté des profs que je me méfie. J'ai beau glisser quelques fautes par ci par là, ne pas réviser certaines leçons, je n'y peux rien : j'ai toujours les meilleures notes et suis abonné à toutes les premières places. Et cela depuis la maternelle !

– J'étais un peu comme toi ; je te l'ai déjà dit, précise Diogène. Oui, j'ai été un surdoué, moi aussi... Mais j'ai eu le tort de le laisser paraître et l'on m'a immédiatement placé dans une école particulière. Une fabrique de cerveaux globuleux ! Une boîte pour l'élite !

– C'est ce que je ne veux pas, dit Quentin. C'est notre secret, Diogène. Il n'y a que toi qui saches que je suis un surdoué. Je n'ai pas l'intention d'être transformé en singe savant pour que mes dons soient l'objet d'études. »

Diogène se penche un peu pour poser une main sur l'épaule de son jeune ami.

« C'est notre secret, reprend-il. À part moi, personne n'en saura jamais rien. Dis-moi plutôt comment tu comptes assister ton père dans son enquête, cette fois ? Je suis impatient de suivre les exploits de l'inspecteur Sébastien Victor et de son énigmatique informateur !

– Je ne possède pas suffisamment d'éléments, précise le garçon.

– Eh bien je peux te délivrer ceux qui sont passés aux infos, tu pourras commencer à te faire une petite idée. »

Diogène résume alors les quelques renseignements récoltés à travers les nombreux flashes répétés dans la journée. Il parle de l'homme que l'on a interviewé et qui a courageusement pénétré dans le pavillon de son illustre voisin, sachant pourtant que la porte avait été forcée. Il évoque la femme de ménage, la première personne à avoir réalisé qu'il s'était passé un événement dramatique. Il dit que le professeur Mélisson a dû être assassiné sur le coup de neuf heures. Manifestement, il dépouillait son courrier…

« C'est tout ? » demande Quentin, déçu.

Diogène se redresse, légèrement vexé.

« Que veux-tu de plus ? Ce n'est arrivé que ce matin. Ton père t'en apprendra certainement beaucoup plus ; je présume que de multiples détails ont été relevés et n'ont pas filtré pour ne pas compromettre l'enquête en cours !

– Excuse-moi, souffle Quentin. Oui, p'pa me renseignera sur tout ce dont j'aurai besoin pour lui donner un coup de main ! Il a l'habitude de me parler de ses affaires ; ça l'aide de penser tout haut.

– D'autant plus qu'il ne lui viendrait pas à l'esprit que, de cette manière, il renseigne son informateur ! Au fait, tu déguises toujours ta voix de la même façon, quand tu lui téléphones ? »

Le garçon se met à rire en pensant à la mise en scène qu'il a inventée pour aider son père. Il a emprunté le procédé à un film vu à la télé.

« Je me pince le nez et je m'exprime dans le combiné que j'ai enfilé dans une chaussette. P'pa m'a souvent parlé de son informateur en me décrivant sa voix nasillarde. Il l'a surnommé « Canard » et il ne cesse de répéter qu'il aimerait bien mettre la main sur lui, histoire de découvrir à quoi il ressemble ! S'il savait... S'il savait que Canard n'est autre que son fils qu'il prend juste pour un confident ! »

Diogène quitte sa chaise pour se rendre dans la bonde qui lui sert de maison en demandant à son jeune ami de l'attendre quelques minutes.

« J'ai peut-être quelque chose pour toi. »

Au bout d'un certain temps il en ressort avec une mince liasse de magazines jaunis et retenus ensemble à l'aide d'un élastique.

« Tiens, tu les consulteras. »

Et il tend le paquet à Quentin qui l'accepte, étonné.

« Qu'est-ce que c'est ?

– Dans les années soixante, j'étais abonné à une multitude de journaux. Tu connais mon goût pour la lecture ; je ne dispose pas de ta mémoire, aussi ai-je pris l'habitude de conserver tout ce que je lis. Mon unique richesse tient dans des centaines de bouquins, des milliers de journaux et de magazines que j'ai empilés dans ce repaire...

– J'ai pu le constater », précise Quentin qui a déjà visité le tonneau de Diogène et qui, la première fois, fut surpris de n'y voir que des livres. Des livres partout. Du sol au plafond, s'élevant comme des murs, s'ouvrant en fenêtres étroites, meurtrissures d'ombre sur d'autres piles de livres. La table est faite de livres. Le sommier du lit est constitué de six ou sept rangées de livres choisis pour leur épaisseur semblable. Une simple natte de jonc a été posée sur cet assemblage où Diogène dort ses quatre heures par nuit, réservant de longues veilles à ses rêves ! « À tous ses rêves en retard », a-t-il coutume de dire. Des cortèges de rêves commencés à l'époque où ses nuits étaient factices, préfabriquées et soutenues par des somnifères. Des rêves infirmes, bancals, tordus. Désormais, il les reprend tous les uns après les autres, là, dans son tonneau immense qui renferme certainement l'une des plus belles bibliothèques de Paris.

« Je reprise mes vieux rêves, expliqua-t-il à Quentin, lors de leur première rencontre. Il faut que tu saches que le rêve est la chose la plus importante que peut créer un cerveau humain. Le sommeil se contente d'esquisser quelques misérables chimères. Ce n'est qu'éveillé que l'esprit a les moyens de les interpréter, de les achever, de leur donner un sens ! »

Quentin regarde la pile de magazines. Il parcourt la couverture du premier d'entre eux. Il ne faut pas cinq secondes à son cerveau de surdoué pour lire entièrement la page et la mémoriser.

« Compris ! » souffle-t-il à l'intention de son vieil ami qui ne peut cacher un sentiment de fierté et de satisfaction.

Diogène précise :

« Le professeur Mélisson écrivait régulièrement dans cette revue, *Histoire Antique*. Il y confiait ses théories, racontait ses voyages en Égypte, proposait le résultat des fouilles qu'il réalisait annuellement sur les sites qu'il affectionnait particulièrement. En dix minutes tu auras lu tous ses articles. Peut-être que cela intéressera Canard ?

– Peut-être, reprend Quentin, pensif. »

Il se lève d'un bond.

« Tu pars déjà ? réagit Diogène. Tu as tout ton temps…

– Pas le vendredi soir, tu le sais très bien. Je suis venu en coup de vent. Je passerai lundi en sortant du bahut.

– Lundi, soupire le vieil homme en faisant un geste large de ses deux bras.

– Ce n'est pas si loin, Diogène. Ne me fais pas le numéro du vagabond solitaire, tu es toujours mauvais dans ce rôle !

– J'ai l'impression que tu es en train de vieillir plus vite que les gosses normaux, toi !

– Mais je suis normal ! reprend Quentin en tournant les talons. Normal comme un garçon de treize ans ! J'aime le foot, les pizzas, les films d'action, les bouquins de Stephen King et les filles ! »

Arrivé près des deux planches de la palissade qu'il faut soulever pour sortir, Quentin se retourne vers Diogène qui n'a pas bougé d'un centimètre, dominant le périphérique encombré et lui lance :

« J'ai juste le quotient intellectuel d'Einstein ! Mais ça, c'est notre secret, n'est-ce pas ? »

Puis, les revues historiques datant des années soixante sous le bras, il retourne chez lui attendre son père.

La rengaine du tube à la mode lui revient aux lèvres. Il se remet à la siffloter. Mais il pense à tout autre chose... Il sait déjà que Canard téléphonera lundi midi à l'inspecteur Sébastien Victor.

3
L'ombre du Chacal

ANTOINE Rébouvile apprend le meurtre du professeur Mélisson par la télévision qu'il regarde souvent depuis qu'il est à la retraite. Laure, sa femme, est à côté de lui. La vieille femme voit son mari sursauter comme sous l'effet d'un choc électrique. Ses lèvres devenues blanches d'un coup se mettent à trembler.

« Mélisson ! murmura-t-il. Mélisson a été tué… »

Laure s'est levée de son fauteuil et, en boitillant, elle va chercher dans la salle de bains un petit flacon et un verre d'eau.

« Prends tes gouttes, dit-elle.

– Merci. »

L'homme saisit le verre d'une main agitée. Il laisse sa femme faire tomber les douze gouttes en les comptant soigneusement une à une.

« Tu devrais t'étendre un peu, Antoine, lui conseilla-t-elle. Tu es si pâle ! Tu n'as pas mal, j'espère ? »

Il hoche la tête. Pour la rassurer. Mais il a une douleur dans la poitrine. Son cœur usé et malade vient de changer de rythme et battait irrégulièrement.

La voix du journaliste, dans le poste de télévision, change de sujet. Rébouvile avale son amère potion en faisant une grimace.

« Tu ne veux pas t'allonger quelques minutes ? » demande sa femme une nouvelle fois.

Il lui obéit.

Maintenant, il est dans sa chambre, sur son lit, le dos bien à plat. Les rideaux sont fermés et Laure n'a laissé qu'une petite lampe de chevet allumée. Il regarde les objets qui ont envahi cette pièce ainsi que toutes celles de son appartement : des petites statuettes de dieux égyptiens, des bijoux en or, des rouleaux de papyrus, des fragments d'ostraka… Et puis cette tête qui semble sortir du mur, face à lui. Le visage du dieu Chacal. Le maître de la grande nécropole, roi des ténèbres et du domaine infini de la mort. Anubis…

Antoine Rébouvile se souvient très nettement du jour où, en compagnie du professeur Mélisson et d'un troisième archéologue, ils ont sorti, du sable d'une tombe profonde, cette tête d'Anubis en même temps que le sarcophage de l'architecte Pazer. La momie de ce dernier poursuit actuellement son éternel voyage immobile à travers les « champs d'Orient », exposée dans une vitrine au Louvre.

C'était sur le site de Deir El-Médineh que l'on appelle aussi « La Place de Maât » et qui signifie l'endroit où règne l'harmonie universelle.

Il se rappelle trop précisément ce jour effroyable qui a ensuite hanté ses cauchemars.

« Maudit… murmure-t-il en fixant les yeux blancs du dieu Chacal.

Des images heurtées lui reviennent à l'esprit. Puis des cris. De longs cris qui déchirent encore sa mémoire. Un appel, des sanglots, un cri plus étouffé et le silence !

Le silence de la tombe découverte dans la région

de Deir El-Médineh où la mission Mélisson s'était installée à la fin de l'année 1961 pour prendre fin en janvier 1962…

« Si cela avait pu ne jamais exister ! S'il m'était possible de revenir en arrière pour effacer toute cette horreur ! »

Les hurlements, l'épouvantable odeur dans laquelle se mêlaient des parfums reconnaissables, la fuite…

Antoine Rébouvile quitte la position allongée pour s'asseoir au bord de son lit.

« Est-ce à mon tour, maintenant ? »

Il soutient le regard figé de la tête en bois peint d'Anubis. Il sait, pour avoir expérimenté le phénomène une multitude de fois, que même s'il se déplace dans la pièce, les yeux du dieu Chacal donneront l'impression de le suivre.

« Le premier est tombé, pense-t-il. C'est normal… Logique ! Oui, le premier nom a été effacé. Le mien devrait suivre… Puis ce sera au tour d'Henri ! »

Le vieillard se lève. Il entend sa femme s'occuper dans la cuisine. Plus rien n'a d'importance. Il sera mort dans quelques heures sinon dans un ou deux jours.

« Logique ! »

« Tu t'es reposé ? lui demande Laure quand il la rejoint.

– Un peu.

– D'après toi, pourquoi a-t-on assassiné le professeur ? »

Il hausse les épaules. Que pourrait-il lui répondre ? Même s'il tentait de lui avouer ce qui s'est passé ce 15 janvier 1962, s'il lui racontait du début jusqu'à la fin cette abominable journée, comment lui faire comprendre que le criminel qui est revenu du passé n'est qu'une ombre ?

Et lui, Antoine Rébouvile, archéologue et spécialiste des divinités égyptiennes, ne saurait pas trouver les mots pour traduire sa peur. Une peur étrange qui a une odeur particulière !

Quentin observe son père qui mange à peine, distraitement, jouant avec sa fourchette ou restant à regarder son verre sans le voir.

« Tu réfléchis à quoi, p'pa ? »

L'inspecteur semble sortir brutalement de ses pensées. Il sourit à son fils et lui cligne de l'œil.

« Excuse-moi, Quentin ! Non seulement je viens

te chercher avec près de deux heures de retard et maintenant, je rumine dans mon coin.

– Tu es préoccupé par l'affaire Mélisson ?

– En effet, admet Sébastien Victor. Je ne sais pas trop par quel bout la prendre. C'est à cause de cette pointe empoisonnée que le légiste a dénichée dans la nuque du vieil homme ! C'est idiot, tu ne trouves pas ? Complètement idiot comme procédé pour assassiner quelqu'un chez lui ! »

Quentin se garde bien de dire le contraire, ne cherchant pour l'instant, qu'à faire parler son père au sujet des détails entourant la découverte du cadavre. Il le laisse donc poursuivre, sachant que de cette manière son père, qui ne peut pas se douter de ses dons, va lui livrer d'utiles informations.

« Tu vois, commence-t-il, nous sommes certains, dans mon équipe, que le tueur n'a rien volé dans le pavillon. Il s'est juste introduit chez Mélisson pour l'assassiner. Il devait même y être depuis quelque temps, caché dans une pièce au rez-de-chaussée. Il n'a laissé aucune empreinte. C'est une lettre surprenante qui nous a intrigués. »

Immédiatement intéressé, Quentin réagit et demande :

« De quelle lettre parles-tu ?

– Ce n'en est pas vraiment une. On ne peut pas appeler cela ainsi. Quand on a relevé le topo du bureau du professeur, on a compris qu'il venait de dépouiller son courrier lorsqu'il a reçu la piqûre mortelle. Parmi les quelques lettres, il y en avait une totalement vierge.

– Tu veux dire qu'elle était blanche ? Qu'il n'y avait vraiment rien d'écrit dessus ? Même pas en transparence, avec une encre particulière ? »

Sébastien Victor sourit et poursuit :

« On a pensé comme toi, Quentin. Mais le labo a confirmé que ce n'était qu'une banale feuille blanche. Sa seule originalité, et c'est là que ça devient bizarre, c'est que ce bout de papier a été parfumé ! »

Cette fois, la curiosité de Quentin redouble.

Son père dit :

« Il y a obligatoirement un lien entre cette lettre et le tueur parce que le parfum utilisé a été composé à base de menthe ! Et c'est de l'extrait de menthe que nous avons isolé parmi les éléments du poison recouvrant la pointe piquée dans la nuque du mort ! De la menthe en quantité suffisante pour que les chimistes puissent la détecter. Comme si l'assassin avait voulu, en un premier temps, prévenir sa victime de ce qui l'attendait. Puis, dans un second temps, signer son geste. »

Sébastien Victor s'arrête de parler le temps que le serveur débarrasse les assiettes et leur propose la carte des desserts. Quentin qui connaît le menu par cœur pour l'avoir lu une seule fois au début du repas fait pourtant mine de le déchiffrer à nouveau. Mais son choix a été arrêté depuis longtemps et il commande une part de gâteau au chocolat avec de la crème anglaise. Son père ne veut qu'un café.

Le serveur s'en retourne et l'inspecteur poursuit :

« Ce n'est pas tout ! C'est un voisin qui a découvert le professeur ; un certain Jean-Benoît Béranger... Je l'ai interrogé aussitôt arrivé sur les lieux et il était encore sous le choc. Il m'a parlé du portail ouvert sur le jardin, ce qui avait alerté la femme de ménage venant prendre son service. Il m'a dit que la porte du pavillon qui avait aussi été forcée était remise en place. Il avait dû la pousser pour entrer dans le vestibule. Ce qui explique que le professeur Mélisson n'ait rien remarqué d'anormal en tirant son courrier de sa boîte à lettres car, outre lui-même et sa femme de ménage, seul le facteur possède une clef pour entrer dans le jardin et atteindre le perron. »

Quentin demande :

« Tu as vu le facteur, p'pa ?

– Bien sûr ! Il m'a affirmé qu'il est entré par le portail du jardin vers huit heures en ouvrant avec sa clef. La serrure était en parfait état. Il a redonné un tour de clef derrière lui après avoir déposé le courrier dans la boîte à lettres.

– Ça implique que le tueur a fracturé la porte après huit heures. Il n'était pas encore dans la maison quand le facteur a fait sa tournée ! »

Le serveur revenant avec le gâteau au chocolat et le café, le père et le fils se taisent un instant.

Tout en attaquant son dessert, Quentin, bouche pleine, remarque :

« Drôlement gonflé, le gars ! Il fait jour à huit heures... Quelqu'un aurait pu le voir en train de crocheter la serrure.

– Le chat... dit Sébastien Victor, pensif. Le chat, aussi, avait une odeur de menthe.

– Attends ! De quel chat il s'agit ?

– Le voisin, Béranger... Eh bien il m'a juré qu'il y avait un chat, dans le pavillon, ce matin-là. L'animal est descendu du premier étage pour disparaître dans la nature. Le type m'a affirmé qu'il avait remarqué que le chat sentait la menthe ! Et le professeur Mélisson n'avait pas de chat. »

Cette révélation déclenche aussitôt la parfaite mécanique qu'est la mémoire de Quentin. Tout à l'heure, en attendant son père, il a parcouru quelques-uns des magazines que lui a confiés Diogène. Sans même s'en rendre vraiment compte, presque à son insu, des paragraphes entiers ont été photographiés, triés et rangés dans son cerveau comme aurait pu le faire l'ordinateur le plus sophistiqué.

Il se souvient de l'un d'eux où l'on décrivait la tombe d'un architecte de Deir El-Médineh. Sur l'un des murs de la chambre mortuaire, l'archéologue avait noté l'image d'un chat tenant un couteau et tuant un serpent au pied de l'arbre sacré. Le chat était censé symboliser le dieu Ré, le maître de la lumière. Le serpent figurait les ténèbres, le mal. Cette scène indiquait le combat du bien sur le mal. Du jour sur la nuit.

Son père parle toujours, mais cela n'empêche pas Quentin de réfléchir en même temps. Une partie de son esprit demeure à l'écoute tandis qu'une autre s'attarde à récupérer tout ce qui concerne l'Égypte ancienne, ses dieux, ses légendes…

Cet exercice intellectuel est devenu une habitude courante chez le garçon. Cela lui fait gagner un temps précieux dans la vie quotidienne. Il utilise d'ailleurs parfois ce genre de capacité pour regarder un film à la télévision tout en révisant mentalement un cours de science ou de géographie.

La voix de son père continue :

« Au bureau, on pense que le tueur est un maniaque. Une sorte de fou qui met en scène ses crimes pour que l'on parle de lui dans la presse et à la télé. Bien sûr, mes gars sont déjà en train de chercher dans l'entourage de Mélisson… Mais le vieil homme n'avait plus de famille sinon son frère André, beaucoup plus jeune, qui souffre de la maladie d'Alzheimer. C'est d'ailleurs le professeur qui l'a placé dans une maison de retraite et qui subvenait à ses besoins depuis peu. Il paraît que le malheureux n'a pas compris quand, dans la journée, on lui a appris la mort de son frère. La directrice de la maison de retraite a expliqué à l'inspecteur Mallet que les deux hommes sont restés fâchés plus de trente ans ! Pourtant, le professeur Mélisson, ayant appris la terrible maladie d'André, s'était réconcilié avec lui et lui a payé sa pension dans ce centre spécialisé.

– La maladie d'Alzheimer ne se soigne pas, n'est-ce pas ? demande Quentin.

– Non, fait le père. Une tante de ta mère l'a eue. Elle a commencé par subir de légères pertes de mémoire puis, en deux ans, son cerveau s'est entièrement délabré. Ensuite, elle a vécu encore cinq ans dans un monde irréel. Elle ne reconnaissait plus personne, ne savait pour ainsi dire plus parler et devait être aidée pour le moindre geste.

– Dommage que le frère du professeur Mélisson en soit atteint, remarque Quentin. Peut-être aurait-il pu te lancer sur une piste que tu ne soupçonnes pas ?

– C'est ce que je regrette, effectivement. Mais il n'y a rien à espérer de ce côté. C'est l'inspecteur Mallet qui s'est rendu auprès de lui pour l'informer du drame. Le pauvre homme a écouté sans broncher en faisant semblant de lire un journal alors qu'il avait une serviette de table entre les mains ! Quand Mallet l'a quitté, André Mélisson croyait lire les titres d'un article où il était question de lui et de son frère. Il parlait fort, d'une voix pâteuse. Mallet pense qu'à l'évocation du nom de son frère, le malade a retrouvé quelques souvenirs de jeunesse. »

Le repas est terminé. Habituellement, l'inspecteur Sébastien Victor profite de ces moments en compagnie de son fils. Traditionnellement, c'est lui qui fait durer le repas, imposant souvent à Quentin de reprendre un dessert et se permettant un second café qui, à chaque fois, l'empêche de dormir.

Ce soir, il appelle le serveur pour lui demander l'addition rapidement.

Quentin a noté les signes de nervosité de son père. Il devine que c'est cette enquête particulière qui, en partie, en est la cause. Il y a autre chose, pourtant.

« Tu veux aller au cinéma ? demande Sébastien Victor.

– Pourquoi pas ? Cependant, j'ai l'impression que tu n'as pas très envie d'y aller, toi ?

– J'ai la tête ailleurs. Mais si tu souhaites qu'on ne rentre pas tout de suite… »

Quentin lui sourit. Il joue juste le jeu pour laisser croire qu'il est un adolescent comme les autres, mais en réalité il préfère passer la soirée à écouter son père parler de son travail. Tout ce qui sera dit, il l'enregistrera, l'analysera et le gardera à la surface de son esprit pour y connecter plus tard toutes les informations à venir.

La mémoire de Quentin ne dort jamais. Il la compare à un petit animal familier qui veille perpétuellement, paupières mi-closes, prêt à sortir de sa niche en cas de besoin.

Sans le savoir, son père possède un partenaire discret, anonyme et muni d'un ordinateur naturel infaillible. Sébastien Victor, quant à lui, doit prendre des dizaines de notes ou parler sans cesse dans son dictaphone afin de ne pas être mis en défaut. Sa mémoire est fragile, aléatoire, souvent trébuchante. C'est une mémoire normale d'homme de trente-cinq ans !

« C'est sûr, ça ne te fait rien de rentrer ?

– Non, p'pa ! On ira demain soir. »

Ils sortent du restaurant. Il pleut légèrement. Les trottoirs ont une odeur de poussière mouillée.

« C'était bon, dit Quentin.

– Quoi ?

– Ton troquet, p'pa. Il est sympa. C'était bien celui-là que tu voulais me faire découvrir ? »

Sébastien Victor secoue la tête avec une grimace, signifiant qu'il s'en veut de ne pas être plus présent. Quentin la connaît trop, cette mimique… Il ne l'aime pas car il a horreur de voir son père se sentir coupable de quoi que ce soit. Ce n'est qu'arrivé à la voiture garée à une centaine de mètres du restaurant que le père se trahit en avouant ce qui le contrarie tout autant que l'affaire Mélisson.

L'air détaché, faussement naturel, il demande à Quentin :

« Ta mère a beaucoup de travail à la librairie, hein ?

– Beaucoup, oui.

– Elle ne rentre pas tard tous les soirs ?

– Non, p'pa. Le vendredi seulement, tu sais bien... »

Ils prennent place dans la voiture. Sébastien Victor se force à paraître tout à fait indifférent pour poser la question qui lui brûle les lèvres.

« Ce gars... Comment s'appelle-t-il déjà ? Tu sais, son associé ? Jean quelque chose, je crois ; il est souvent à la boutique ou il ne s'occupe que de la « compta » ? »

C'est dans ce genre de situation que Quentin aimerait n'être qu'un garçon de modèle courant. Il hausserait les épaules, articulerait une phrase toute faite avec des mots en verlan et s'en sortirait sans mal. Sans peine, surtout.

« J'ai cru comprendre qu'il était rarement à la librairie », avoue-t-il en mentant.

Rassuré quelque peu, son père met le contact. Mais, en conduisant, il conserve une expression tendue et ne parle plus.

Quentin pense à Jean Mélinot, l'associé de sa mère. Un grand type brun qui sourit toujours de toutes ses dents qu'il a parfaites. Un grand type que les hommes ne peuvent pas aimer à cause de son charme, de son élégance et de sa voix grave et douce. Mais c'est le genre d'homme qu'une femme comme sa mère trouve beau, intelligent et délicat !

Il pleut plus fort sur Paris. Les essuie-glaces balayent le pare-brise en grinçant ; leur petite musique triste rythme les pensées de Quentin. Des pensées aux couleurs de ville trempée de lumières délavées.

4
Un parfum d'encens

« Allô, Henri ?

– Oui… C'est toi, Antoine ? Je me doutais que tu appellerais. Nous nous étions pourtant juré de…

– Tu as appris, pour le professeur ?

– C'est l'œuvre d'un fou ! Cela n'a rien à voir avec ce que tu crois. J'y ai pensé moi aussi, mais je peux t'affirmer que nous n'avons rien à craindre. »

La voix assurée et puissante d'Henri Lamorrisse ne parvient pas à calmer Antoine Rébouvile. Lui, il parle très bas, avec le combiné de son bureau pour ne pas alerter Laure qui prépare le petit déjeuner dans la cuisine, au bout de l'appartement.

Nous sommes samedi et il est huit heures trente. Rébouvile s'est levé très tôt, ayant mal dormi, agressé par un cauchemar qu'il pensait avoir oublié.

À huit heures, il est sorti et a descendu ses deux étages pour relever son courrier. Dans le hall, il a salué la gardienne qui donnait un dernier coup de balai avant de partir en week-end.

Il a pris les trois lettres dans sa boîte, les a regardées distraitement et est resté un instant immobile en répétant « Bon Dieu de Bon Dieu… ».

La gardienne s'est approchée, inquiète.

« Mauvaise nouvelle, monsieur Rébouvile ? Les impôts ? »

Le vieil homme a mis un certain temps pour répondre. Il tremblait des pieds à la tête. Il était blanc comme un mort et cela a impressionné la femme qui a posé son balai contre le mur pour venir à son aide. Elle l'a pris par le bras et l'a poussé vers l'ascenseur.

« Vous voulez que je remonte avec vous ? »

Rébouvile a caché les lettres dans la poche de sa veste en un geste nerveux puis il a dit :

« Merci... ça va aller ! Ce n'est qu'un malaise ; j'aurais dû manger quelque chose avant de descendre.

– Attention à votre cœur ! Votre femme me dit souvent que vous n'êtes pas suffisamment raisonnable. Quand on a eu un pépin comme le vôtre, on se ménage plus.

– Je sais. » bredouilla-t-il.

De retour dans son appartement, il est passé devant la cuisine d'où sa femme lui a demandé s'il y avait du courrier intéressant.

Il a répondu qu'il ne s'agissait que de publicité.

« Le thé sera prêt dans un quart d'heure, lui annonça-t-elle.

– Je le prendrai un peu plus tard. Je vais dans mon bureau. »

Dans son bureau, là où Laure ne vient que rarement, dans son fouillis de livres et d'objets, dans cette niche qu'il s'est aménagée avec le temps, il s'est senti un peu mieux.

Il a ressorti les trois lettres de sa poche et en a jeté deux qui n'étaient effectivement que des publicités avec leurs habituelles promesses de gains fabuleux.

La troisième enveloppe était blanche ! Elle ne

portait aucune indication et dégageait un parfum sucré et poivré.

Rébouvile l'a déchirée et en sortit une feuille, blanche elle aussi. Cette fois, le parfum se libéra entièrement pour délivrer son message d'angoisse.

Le vieillard a failli s'évanouir et s'est retenu au dossier de son fauteuil. L'odeur envahissait le bureau, cherchait sa place comme une créature vivante trop longtemps demeurée prisonnière.

Mais c'est dans le corps même de Rébouvile qu'elle s'infiltrait, pareille à un poison invisible, sournoise, serpentant dans sa mémoire pour y ouvrir des portes interdites, déterrant des images hurlantes, remuant la terre et la poussière d'un tombeau.

Le vieil archéologue se mit à sangloter. En silence, tel un enfant apeuré, il a pleuré.

Alors, au bout d'un certain temps, il a décidé de téléphoner au docteur Henri Lamorrisse.

« Au journal de minuit, hier, ils ont dit que la police a retrouvé une lettre blanche et parfumée à la menthe sur les lieux du crime, précise Rébouvile.

– Une coïncidence ! Une mauvaise blague du tueur qui a l'intention de se rendre intéressant !

– Je ne crois pas, Henri… Et je vais te prouver le contraire.

– Je t'écoute, fait la voix curieuse du docteur Lamorrisse.

– Tout à l'heure, je suis descendu chercher mon courrier ; la révélation concernant la lettre parfumée m'a rudement secoué. J'ai pensé que nous pourrions tous les deux être sur la même liste que celle de Mélisson.

– Et alors ? demande sèchement le docteur.

– Tu ne devines pas ?

– Je t'en prie, Antoine, va à l'essentiel ! Tu ne perdras donc jamais cette manie de tourner autour du pot !

– J'ai reçu une lettre blanche, Henri ! Oui, quelqu'un a déposé dans ma boîte à lettres cette fichue feuille de papier qui empeste mon bureau. »

Lamorrisse ne réagit pas. Il y a un long silence au bout du fil. Enfin, plus bas, la voix cassée, moins sûre, le docteur articule :

« De l'huile de cèdre ou de l'encens, n'est-ce pas ? C'est de l'encens…

– Comme en 1962, reprend Rébouvile. Tu t'en souviens ?

– Seigneur ! Qu'est-ce que tout cela peut signifier ? Je croyais que tout était fini, mort, enterré dans le sable de Deir El-Médineh. Il s'est passé tant de temps ! »

Rébouvile a repris un peu plus le contrôle de lui-même maintenant que c'est au tour de Lamorrisse d'avoir peur.

Il reprend :

« Henri, qui est-ce ? QUI est le tueur ?

– Je l'ignore, Antoine. Mais ce n'est pas celui auquel tu penses. C'est impossible. « Il » est resté là-bas… En Égypte.

– J'ai fait un rêve épouvantable, cette nuit. Je le faisais régulièrement, autrefois, dit Rébouvile. La même scène, les mêmes odeurs ! La menthe, l'encens et l'huile de cèdre ! Au début, il y avait Mélisson, toi et moi qui portions le sarcophage de l'architecte Pazer hors de sa tombe. Nous trois et l'autre…

– Ce n'est pas un rêve, l'interrompt Lamorrisse. Tu t'es seulement souvenu de ce qui s'est réellement passé. Je me rappelle parfaitement de cette journée, Antoine. Crois-tu que j'ai pu l'oublier ?

– Tu te trompes, insiste Rébouvile. Nous avons caché une horreur ! Et c'est à cause d'elle que nous sommes condamnés à mourir. « Il » avait juré de se venger. J'entends encore ses cris…

– « Il » est mort ! »

Rébouvile hausse les épaules. Il parcourt le bureau des yeux, notant les mille objets égyptiens qu'il a entassés. Parmi eux, il y a une statuette du dieu Chacal, Anubis, celui qui mesure les âmes des morts en pesant ce qu'elles ont de pur et d'impur. Celui qui assiste, attentif, aux rites de la momification et qui aide le défunt à trouver son chemin dans l'Amenti[1].

« Mort ? reprend-il. Quelle importance ! Dans mon cauchemar, je peux te jurer qu'il était debout ! Il marchait vers moi et plus il avançait, plus je sentais l'immonde odeur de son corps en décomposition. Il me tendait les bras et m'invitait à le rejoindre en me disant que cela faisait trente ans qu'il m'attendait. J'étais seul, alors, face à lui. J'étais effrayé comme jamais je ne l'ai été. Toute l'atmosphère était emplie de sa puanteur. Pourtant, malgré cette infection, je parvenais à reconnaître trois parfums… Ceux que nous avions découverts quand nous avions réussi à pénétrer dans

1. L'Amenti : l'autre monde. L'occident, la région des morts.

la salle funéraire de Pazer... Une pointe de menthe, une forte présence d'encens et, plus grasse, rance et écœurante, la senteur de l'huile de cèdre !

– Calme-toi ! lui impose la voix d'Henri. Quelqu'un joue avec nous comme...

– Comme un chat avec des rats ! souligne Rébouvile.

– Tu es stupide. Nous avons décrit ces parfums dans les premiers articles que nous avons écrits à notre retour de Deir El-Médineh. Le tueur les aura lus et s'en sert actuellement pour nous effrayer. Il a réussi, à en juger par ton comportement. Dans toutes les tombes que j'ai visitées, j'ai remarqué ce type d'odeurs qui provenaient des onguents avec lesquels les embaumeurs avaient traité le défunt. Tu le sais tout aussi bien que moi, mon ami. »

Rébouvile entend sa femme l'appeler pour déjeuner en se demandant ce qu'il peut faire dans son bureau, un samedi, si tôt. Après avoir crié qu'il arrive, il s'adresse à nouveau à Lamorrisse.

« Je crois que nous sommes déjà morts... Nous sommes morts depuis ce jour de 1962 et « Il » se contente de prendre notre corps. Notre âme, « Il » l'a conservée avec lui dans le tombeau de l'architecte...

– Tais-toi, lui commande impérieusement Lamorrisse. Ne confonds pas les légendes avec la réalité. Il existe une solution rationnelle ; il ne peut en être autrement ! J'espère que tu n'as pas l'intention de prévenir la police. »

Le vieil homme soupire.

« Que lui dirais-je ?

– Rien, bien sûr. Rien ! Car il ne s'est rien passé à Deir El-Médineh… »

Rébouvile va raccrocher le combiné mais il murmure cette dernière phrase :

« Rien d'autre, en effet, que ce que nous sommes seuls, toi et moi, à savoir ! »

Lorsqu'il sort de son bureau, le vieil archéologue trouve sa femme dans le couloir, le visage anxieux. Elle lui demande :

« À qui téléphonais-tu ?

– C'était Henri. Nous parlions de Léonard. Il a appris, lui aussi…

– Tu en as une tête ! Je n'aurais jamais cru que la mort du professeur aurait pu te mettre dans un tel état. Vous ne vous fréquentiez pourtant plus. Même Henri Lamorrisse, tu ne l'as pas revu depuis des siècles. »

Laure Rébouvile tourne son cou décharné à droite, à gauche, renifle l'air du couloir tel un dindon curieux, ouvre grand les yeux et remarque :

« Quelle étonnante odeur ! Tu ne sens pas, toi ?

– Non, je ne trouve pas qu'il y ait d'autre odeur que ton maudit thé vert que tu as dû laisser bouillir ! »

La femme repart vers la cuisine, suivie de son mari qui traîne les pieds, un fardeau invisible trop lourd sur ses épaules maigres et osseuses. Un cadavre pesant qui refuse de se décomposer. Un vieux mort et son odeur de cauchemar.

5
Le second crime d'Anubis

Le samedi matin, Quentin aime se lever de bonne heure, sachant qu'il va trouver son père dans la kitchenette, occupé à faire passer son café dans les règles de l'art.

Le café, chez Sébastien Victor, prend beaucoup d'importance. Son fils, malgré ses qualités de déduction, ses dons en psychologie et d'autres capacités non moins négligeables, n'a jamais réussi à comprendre les rapports qu'entretient son père avec cette liqueur amère et noire qu'il aime et déteste à la fois. Sébastien Victor boit en effet une bonne douzaine de tasses par jour en se plaignant chaque soir de ne pas avoir sommeil !

« Bien dormi ? »

Quentin répond par un signe de la tête à la question de son père et s'assoit à la petite table où l'attendent son bol, son litre de lait frais et ses céréales.

« Toi, par contre, remarque le garçon, tu as l'air chiffonné des débuts d'enquête. Je parie que tu as pianoté sur ton ordinateur toute la nuit.

– Exact ! En plus, j'ai reçu un fax de Mallet qui n'a pas pris son week-end pour rester à fouiner dans les paperasses qu'il a dénichées dans un coffre du pavillon de Mélisson. »

Quentin a empli son bol aux trois quarts de ses flocons d'avoine préférés et les arrose maintenant de lait.

« M'mm ? fait Quentin.

– Tu parles d'une découverte ! C'est nul, oui... Le double jauni d'un testament dont l'original a été déposé chez un notaire en 1960, faisant d'André Mélisson son légataire universel, et deux ou trois vieux carnets de notes emplis de croquis. »

Quentin réagit aussitôt, oubliant qu'habituellement, il s'efforce de s'aménager un certain temps avant de parler.

« Tu ne penses pas que c'est bizarre, p'pa, un gars qui fait son testament alors qu'il est encore très jeune ? En soixante, le prof avait ton âge actuel, non ? »

L'inspecteur l'admet :

« Je l'ai calculé ; il avait alors trente-trois ans en 1960 et André, son frère, n'avait que dix-huit ans. Je pense que le professeur, conscient qu'il pouvait lui arriver malheur au cours de certaines fouilles, avait eu l'intention de préserver son frère pour l'avenir. Leurs parents étant morts, n'ayant plus que de vagues cousins lointains qu'ils ne devaient plus voir, ils représentaient à eux deux la famille Mélisson. »

Quentin mâche consciencieusement ses céréales gorgées de lait en réfléchissant. Il faut pour Canard échafauder les fondations d'une première théorie. Il réalise qu'il doit lire tous les magazines prêtés par Diogène avant lundi. Sans véritablement saisir la raison qui le pousse, il a l'intuition qu'une partie de la solution se trouve dans les articles écrits par Mélisson et ses confrères.

Il est parvenu à un tournant de ses pensées. À cause de la nature propre du crime, Quentin est certain que l'affaire Mélisson plonge ses racines dans le passé, se nourrissant d'un terreau secret.

« C'est un meurtre rituel ! L'assassin a conçu une mise en scène précise, minutée et spectaculaire. Le coup du chat parfumé, c'est une sacrée trouvaille ! Quant à la lettre blanche qui dégage une odeur mentholée lorsqu'on la sort de son enveloppe, ça aussi, c'est génial... Tous ces éléments ont été choisis pour délivrer un message. Mais à l'intention de qui ? De la police, des journalistes ? Non, je présume que ces indices ont été semés pour effrayer de prochaines victimes. Pour leur faire comprendre qu'il les a identifiées et qu'il ne frappera pas au hasard. La menthe, le chat... D'autres personnes savent à quoi il est fait allusion. Ce sont des balises ! Le tueur est en train de marquer son territoire comme le ferait un animal prédateur... Un loup ? Un chacal... Un chacal, naturellement. LE CHACAL ! »

Ces réflexions, Quentin s'interdit de les divulguer à son père. Canard s'en chargera de sa voix nasillarde de dessin animé. Par contre, il doit éclaircir un point qui ne semble pas logique. Choisissant délicatement ses mots, il demande :

« Tu m'as bien dit, hier soir au restaurant, que les deux frères Mélisson étaient fâchés depuis une éternité ?

– En effet. Du moins, c'est Mallet qui l'a appris de la bouche même de la directrice de la maison de retraite. Il y a eu réconciliation récemment, lorsque André a été atteint par les premiers signes de la maladie d'Alzheimer. J'ai cru comprendre que, étrangement, c'est le professeur Mélisson qui aurait rompu avec son frère, très peu de temps après son retour d'une mission en Égypte. La cause était liée au comportement du jeune Mélisson qui avait tendance à préférer faire la fête que travailler. Le sévère Léonard, son aîné, n'a pas apprécié cette attitude peu responsable et lui aurait immédiatement coupé les vivres, refusant de le revoir.

– Justement, p'pa, dit Quentin, l'air de rien. Pourquoi, si Léonard Mélisson ne pouvait plus supporter son frère au point de le renier, n'a-t-il pas refait son testament ? En plus de trente ans, il avait le temps d'en rédiger un différent, non ? Quitte à en recommencer un troisième au jour de leur réconciliation ! »

L'inspecteur va se verser sa troisième tasse de café, mais s'arrête soudainement et reste un instant le bras en suspens, réfléchissant à la remarque logique de son fils.

« Pas bête ! Je dirais même plus, docteur Watson, ce que vous venez de remarquer fait preuve d'une subtile pertinence !

– Que réponds-tu, Sherlock ? »

L'inspecteur boit d'abord sa tasse de café et dit :

« Je passerai tout à l'heure un coup de fil à Mallet pour qu'il se renseigne à ce sujet. Peut-être existe-t-il un testament plus récent chez un notaire dont la copie n'aurait pas été déposée dans le coffre ? »

Quentin en doute. La théorie qu'il a ébauchée se précise. Il a abordé l'affaire Mélisson comme un problème mathématique. Comme n'importe quel problème qui a son quota d'équations, d'inconnues et de chausse-trappes. Toutes les données s'étalent désormais sous ses yeux, lumineuses. Il regrette que son père, considéré comme un bon policier, ne soit pas doté du même cerveau que le sien. Quentin le regarde réfléchir et devine que l'esprit de son père n'a pas ouvert le centième des portes qu'il a réussi à forcer.

« Pourtant, pense-t-il, avec de la logique, on ne peut pas passer à côté des clefs ! Toute cette histoire prend naissance juste avant que les deux frères Mélisson se séparent. Le nœud du problème est là, dans les années 60, au retour de la mission Mélisson dont j'ai entrevu quelques échos dans les magazines de Diogène. Je me souviens d'une photographie où l'on reconnaît le professeur Léonard Mélisson en compagnie de ses collègues. Mélisson est alors un grand gars avec une barbe et une moustache qui lui donnent le type parfait de l'archéologue de roman. Il est fier et arrogant. Si sûr de lui, de son savoir, de sa gloire proche… Si sûr de lui ! »

Quentin est satisfait d'avoir si rapidement pu parvenir à une piste qu'il soufflera à son père par l'intermédiaire de Canard, lundi matin.

Il a tant d'admiration pour l'inspecteur Sébastien Victor, tant d'amour pour cet homme fragile et affectueux, qu'il ferait tout ce qui est en son pouvoir pour l'aider. Et son pouvoir est grand.

Aux yeux de son père et de sa mère, il est un adolescent qui ressemble à tous les autres, peut-être plus dégourdi, plus vif.

Quentin ne souhaite que deux choses. La première est que ses parents réalisent qu'ils ne peuvent pas vivre l'un sans l'autre. La seconde est que son père devienne commissaire. Il s'est juré de tout faire pour obtenir ces deux résultats. Ses considérables capacités intellectuelles devraient pouvoir l'aider.

L'espoir. Deux petits rêves d'espoir…

Samedi, vingt-trois heures. La pluie fine et pointue. Paris prend le froid d'un nouvel automne. Les grands boulevards sont encombrés. Les petites rues anonymes, éteintes, sont désertes. Coups de klaxon d'un côté de la cité, rires et cris. Le silence de l'autre côté. Et l'ombre…

Une silhouette en imperméable, capuchon sur la tête. Elle marche dans la rue Stanislas Meunier, la remonte sans hâte, s'arrête au numéro trois, regarde la porte fermée, infranchissable pour qui ne connaît pas le code.

La silhouette attend, collée dans le recoin du mur, invisible dans l'ombre. Elle n'a plus que cela à faire, attendre. Ce sera cette nuit si le destin le veut. Ce sera une autre nuit sinon.

Attendre…

La forme demeure sous la pluie, stoïque, patiente, parfaitement cachée.

Une voiture apparaît. Elle freine devant le numéro trois. « Ce sera cette nuit ! »

Le conducteur, un jeune homme, embrasse son amie avant de se séparer. Ils s'étreignent longuement, amoureusement. Le moteur est resté allumé. Enlacés, les deux amants se murmurent sans doute des promesses, se donnent un rendez-vous. Puis la portière de la jeune fille s'ouvre, deux jambes apparaissent, accrochent un filet de la lumière d'un réverbère lointain, se posent sur le trottoir trempé.

La silhouette attend.

La jeune fille est sortie de la voiture. Elle se retourne sur son conducteur et lui envoie un baiser en soufflant dans sa main. La voiture redémarre, descend la rue et disparaît.

La jeune fille qui ne porte qu'une veste légère court vers la porte et ne regarde ni à gauche, ni à droite. Elle tape sur quelques touches du code et se précipite dans le hall.

Elle appuie sur un commutateur pour donner de la lumière. La silhouette attend encore. Elle observe la lourde porte que la fille a abandonnée rapidement derrière elle, la laissant se refermer seule. Et la porte est en train de reprendre sa place. Lentement.

La silhouette sort de sa tanière, son imperméable ruisselant. Elle fait quatre pas. Quatre pas qui lui ont suffi pour atteindre la porte au moment précis où celle-ci allait se refermer définitivement.

Un pied est glissé dans l'entrebâillement et retient le vantail. Au bout du hall, la jeune fille vient de passer une seconde porte, plus petite, ne possédant pas de code électronique.

« Ce sera cette nuit ! »

La forme reste un instant dans le hall, le temps que la jeune fille ait traversé la cour. Elle écoute décroître le son de ses talons pressés. Le silence à nouveau. À ce moment-là, la silhouette prend le risque d'ouvrir la seconde porte, celle donnant dans la cour desservant les immeubles.

« Cette nuit, noire et mouillée. Nuit de tombeau ! Ils sont entrés dans le temple mortuaire comme je le fais actuellement. Ils ont traversé la première salle après avoir dégagé la porte de la lourde dalle... Ils ont senti l'odeur ! Il y avait, peint sur le mur, un chat qui les regardait... »

La silhouette traverse la cour sans faire de bruit.

Elle lève la tête vers une fenêtre au deuxième étage. Elle s'agrippe à la gouttière après avoir évalué la hauteur et considéré le danger que représentera l'ascension quand un miaulement sort de sous son vêtement.

« Tais-toi ! murmure la forme. Tu crieras tout ton soûl quand j'aurai achevé ma besogne. La mort ne miaule jamais avant son heure ! »

Agile, souple et assurant ses prises, l'inconnu entreprend l'escalade de la façade. Il parvient bientôt à un minuscule balcon où donne la fenêtre fermée de la cuisine des Rébouvile. Il enjambe sans difficulté la balustrade et marque une pose pour reprendre son souffle. Il respire longuement, méthodiquement, comme savent le faire les athlètes.

Contrôlant à nouveau sa respiration, l'inconnu ouvre un petit sac de cuir qu'il porte en bandoulière sous son imperméable. Il en dégage un stylet et une ventouse. Il applique celle-ci sur la vitre de la fenêtre puis, avec précision et calme, il trace à main levée un cercle presque parfait sur le carreau.

La pluie qui claque dans la cour couvre le léger crissement de l'outil qui mord le verre.

Grâce à la ventouse il retire le morceau du carreau détaché, le dépose soigneusement à ses pieds avec un soupire de satisfaction et passe une main gantée par l'orifice pratiqué pour attraper la poignée de la fenêtre.

Il n'éprouve aucune peine pour l'ouvrir et se faufiler ensuite dans la cuisine.

« Dans la tombe de l'architecte ! »

À pas mesurés, il marche les bras en avant ; ses doigts lui servent d'antennes pour le prévenir d'un obstacle à éviter.

Le couloir... Il sait que la chambre des Rébouvile est sur sa gauche pour avoir examiné l'appartement de la rue. Cette porte... Ou celle-ci ?

Il entrouvre délicatement la première. Ce n'est qu'un débarras. Ne jugeant pas utile de la refermer, il se dirige sur la seconde. Lentement. La poignée ne doit pas grincer. Il suffit de prendre le temps nécessaire. Lentement...

C'est la chambre. Il distingue deux respirations en désaccord. Un sifflement sans aucun doute féminin et un ronflement ridicule, fait de petits soubresauts qui ressemblent à une toux d'enfant.

Il est dans la place.

« La grande place de Maât ! »

L'inconnu goûte ce moment privilégié, tant préparé, tant de fois répété mentalement. Une poignée de secondes arrachées à l'éternité qu'il égrène avec une joie et une excitation qui le font trembler.

Il est le porteur de mort, celui qui pèse les âmes et livre son verdict. Celui qui siège au-delà du temps, vengeur acharné qui n'abandonne jamais sa proie.

Il fait trois pas dans la chambre et se retrouve sous la tête en bois d'Anubis. Un instant, la silhouette qui se tient contre le mur, dominant le lit des époux Rébouvile, est réellement le dieu au corps d'homme et à la tête de chacal.

Avec lui, l'inconnu a fait entrer dans la chambre une forte odeur d'encens.

Antoine Rébouvile comprend qu'il est victime de son cauchemar. Il ne devrait pas avoir peur. Ce n'est qu'un songe. Rien que cela… Une chimère qui remue la vase de ses souvenirs. Mais le vieil archéologue ne réussit pas à se libérer de sa prison.

Il a nettement l'impression de percevoir cette odeur particulière que possèdent de rares encens.

Il sent cet abominable et répugnant parfum qu'il associe à la mort depuis trente ans.

Cette puanteur est dans sa chambre, tout près de lui ! Elle est véritablement là.

Il ouvre brutalement les yeux, se hissant hors de ce puits de ténèbres où il croupissait avec ses pensées morbides. Il ouvre les yeux…

La grande ombre le domine, le regardant malgré la nuit, de ses yeux qui peuvent voir partout sans jamais bouger.

« Anubis ? »

La question n'attire qu'une réponse définitive qui lui pique la gorge. C'est comme une morsure d'animal.

Un animal qui miaule et rit à la fois. Une nuit glaciale s'abat sur le vieil archéologue.

6
Les yeux dans la nuit

« RÉVEILLE-TOI, mon garçon ! Réveille-toi vite. »

Bouche pâteuse, paupières collées, Quentin découvre son père habillé qui le secoue pour le sortir de son sommeil. Son cerveau enregistre immédiatement toutes les données de l'instant. L'horloge murale marque quatre heures. Le corridor est allumé ainsi que la chambre de son père. L'odeur liquoreuse et trop présente d'un café réchauffé…

« Qu'est-ce qu'il se passe ? demande Quentin en se dégageant de ses draps et en s'asseyant.

– On m'a appelé. Je dois te laisser seul, mais je voulais te prévenir avant de partir pour que tu ne t'inquiètes pas.

– Un nouveau crime ? »

Le garçon a posé la question d'une façon naturelle, comme s'il s'en doutait.

« Un archéologue qui a travaillé au côté de Mélisson autrefois. Monsieur Rabrouvile ou Boudeville...

– Rébouvile, articule Quentin à la surprise de son père. »

Trop tard ! Sa merveilleuse mémoire lui a délivré l'information si rapidement qu'il n'a pas pu la retenir. Ses défenses ont été mises en défaut par ce brusque réveil et le nom de Rébouvile, picoré au détour de la lecture des magazines, est sorti de sa bouche. Par réflexe.

« Tu le connais ? » s'étonne le père.

Quentin se frotte les yeux. Il répond d'un mensonge plausible :

« En sixième, quand on a fait l'Égypte avec notre prof d'histoire... eh bien on a lu quelques textes de Mélisson et Rébouvile. »

L'inspecteur se satisfait de cette explication.

« Écoute, dit-il. Je dois traverser tout Paris pour

rejoindre l'équipe qui est sur les lieux. On se trouve en face d'un tueur en série ! Et le type vient d'assassiner ce pauvre vieux Rébouvile dans son lit. Même petite pointe dans le cou… »

Quentin saute de son lit et demande :

« Pourquoi n'irais-je pas avec toi ? Je ne te dérangerai pas ; je t'attendrai à l'écart. Ça m'intéresserait de comprendre comment tu travailles sur une enquête.

– Tu parles sérieusement, là ? Il s'agit d'un crime, Quentin ! Le second crime d'un dingue qui a abandonné un chat puant l'encens dans la chambre de sa victime ! Ce sont d'ailleurs les miaulements du chat qui ont réveillé l'épouse Rébouvile. »

Quentin enfile son jean par-dessus son pyjama, se souciant peu du regard ahuri de son père.

« Un chat ! pense-t-il. Un chat qui tue un serpent. La lumière combattant les ténèbres. »

« Je vais avec toi, p'pa. Tu es obligé de m'accepter à cause de notre contrat.

– Quel contrat ? Qu'est-ce que tu as encore inventé ? »

Le garçon enfile un épais pull-over bleu fluo, tricoté et offert par une tante daltonienne à Noël.

Il précise :

« Notre contrat stipule que nous restions ensemble tous les vendredis soirs, samedis et dimanches. Nous sommes en ce moment dans la nuit de samedi à dimanche, donc tu es dans l'interdiction de m'abandonner ici ! »

Sébastien Victor soupire, sourit et abdique en disant :

« Entendu, mais je te préviens : tu resteras dans la voiture ! Je ne tiens pas à t'avoir dans les jambes. Tu prends un bouquin et une thermos de lait chaud, compris ?

– Compris. Je choisis un album de B.D. Un bon Juillard.

– Celui-ci ? Mais tu l'as lu au moins dix fois ! »

En sortant de sa chambre après avoir attrapé l'album, *L'Œil de Khéops* de Martin et Juillard, Quentin précise :

« Un Juillard, p'pa, ça devrait se relire au moins une fois par jour. »

Le père et le fils quittent le petit appartement. Ils descendent les trois étages à grandes foulées, traversent le vestibule à peine éclairé par une veilleuse pâlotte et débouchent dans la rue.

Sébastien Victor jure à cause de la pluie fine qui tombe en gouttes serrées et commence à lui mouiller la nuque.

« C'est idiot, dit-il. Complètement idiot !

– Quoi ? demande Quentin.

– Si ta mère apprenait notre virée nocturne, je ne sais pas comment elle réagirait.

– Je ne vois pas de quelle manière elle pourrait être mise au courant.

– N'empêche, c'est idiot ! »

Ils montent dans la voiture. Quentin éprouve un sentiment singulier, nouveau. Une sensation qu'il n'a pas répertoriée jusqu'à présent parmi les quelques centaines recensées, chapitrées et homologuées.

Sans doute est-ce dû à la nuit brouillée de pluie, à la découverte de la ville qu'il surprend dans un engourdissement frileux, à la présence de son père anxieux, nerveux, conduisant vivement, à lui-même enfin, éveillé à une heure inhabituelle, se dirigeant vers le cœur d'une affaire criminelle.

Un sentiment fragile, éphémère. L'impression de vivre un instant hors du temps traditionnel. En marge de son existence d'adolescent prisonnier de classiques horaires inchangeables et monotones.

« P'pa...

– Oui ?

– C'est l'inspecteur Mallet qui t'a téléphoné ?

– En effet. On venait de le prévenir du passage signé de notre « tueur au chat ». Il m'a appelé de sa voiture ; il se rendait dans le vingtième arrondissement.

– On a trouvé une lettre blanche et parfumée ? »

L'inspecteur se retourne vers son fils et découvre qu'il n'avait pas encore pensé à cet énigmatique message.

« Je l'ignore. Il sera intéressant de s'en assurer. Tiens, note-le sur le bloc que tu dénicheras dans la boîte à gants. »

Quentin obéit par routine, persuadé pourtant qu'il n'oubliera pas de rappeler cette question à son père. Il n'oubliera rien. Son cerveau ne néglige jamais la moindre miette, la plus infime poussière, le plus indescriptible atome d'information. C'est une machine idéale. Une mécanique huilée et lancée dans une course qui ne demande qu'à être éternelle.

Mais cela peut devenir parfois un poids trop lourd à supporter. Car tout ce que voient les yeux de Quentin, tout ce qu'entendent ses oreilles, demeure parfaitement entassé en strates précises dans sa mémoire.

Il aimerait tant effacer certains chagrins. Les larmes de sa mère. La solitude de son père…

La petite rue Stanislas Meunier est encombrée de voitures de police ainsi que d'une ambulance. Les gyrophares tournent en silence et projettent à travers la pluie leurs lumières dansantes sur les façades. De nombreuses fenêtres sont ouvertes et, malgré l'heure, des ombres curieuses s'y penchent.

Deux hommes en imperméable sortent une civière du hall du numéro 3 quand la voiture de l'inspecteur Sébastien Victor se gare.

« Attends-moi et ne bouge pas ! commande le père à son fils. Je laisse le plafonnier allumé… Tu n'auras pas froid ?

– Ne t'inquiète pas. Vas-y, p'pa. N'oublie pas…

– Quoi ?

– La lettre, articule le garçon. Assure-toi qu'il y en a une et quelle odeur elle dégage.

– Oui, oui, la lettre, bien sûr ! »

L'inspecteur descend de sa voiture et se dirige aussitôt vers un homme de grande taille, vêtu d'un blouson de cuir et d'un jean trop large.

De son poste d'observation, Quentin entend son père saluer l'inspecteur Mallet. Au moment où la civière passe devant eux, Mallet demande aux porteurs de s'arrêter le temps que son collègue puisse examiner la minuscule marque au cou du mort.

Sébastien se penche sur la forme enfermée dans un sac en plastique déjà trempé de pluie. Après avoir enfilé une paire de gants chirurgicaux, il l'ouvre en faisant glisser la fermeture éclair et reste un long instant à considérer la gorge du défunt.

Un petit bonhomme en manteau noir et coiffé d'un chapeau de feutre s'est approché à son tour et entreprend un interminable monologue au sujet de la blessure.

Quentin ne parvient à happer que quelques bribes des explications qu'écoutent avec beaucoup d'attention les deux inspecteurs. Il en a déduit très vite que le petit bonhomme volubile est un médecin légiste, que c'est lui qui a inspecté le corps et détecté la minuscule flèche en acier plantée sous la pomme d'Adam.

Sébastien Victor interrompt enfin le docteur, remonte la fermeture éclair du sinistre sac et, en compagnie de Mallet, entre dans le hall.

Quentin ne peut pas se résoudre à ouvrir son album de B.D. Il est attiré par l'animation qui règne dans la rue et ne parvient pas à s'en détacher.

Il observe et enregistre la scène, recueillant des détails qui pourraient paraître insignifiants, mais qu'avec le temps, son cerveau saura faire remonter à la surface.

Son regard erre d'une silhouette à une autre, grimpe sur une façade, isolant des ombres figées, épinglées sur les écrans de lumière des fenêtres, redescend sur les policiers, les voitures...

Pour préciser les données qu'il livre à sa mémoire, il utilise l'un des moyens qu'il a mis en pratique très souvent. Il décrit mentalement ce qu'il remarque.

C'est en pratiquant cet exercice, qu'il aperçoit par hasard une forme immobile, tout au bout de la rue, collée contre un mur. Un badaud plus téméraire que les autres pour s'aventurer dans cette nuit de pluie ?

Ce qui étonne Quentin, c'est l'inertie totale de la silhouette.

« Si ce type pouvait se fondre dans le mur, il ne s'en priverait pas, pense-t-il. Un véritable caméléon ! Il n'a pas bougé d'un centimètre depuis un quart d'heure. Qu'est-ce qu'il attend ? Personne ne fait attention à lui. On dirait que je suis le seul à l'avoir découvert. »

La forme demeure dans sa position, sa tête encapuchonnée tournée vers le numéro 3 de la rue Stanislas Meunier. La pluie glisse sur son imperméable et ne paraît pas l'incommoder.

Quentin ouvre la portière de la voiture. Il sait parfaitement qu'il est en train de désobéir à son père, mais sa curiosité est plus forte que sa raison.

« Je vais juste m'approcher de ce type... En longeant le mur puis la grille qui est dans un renfoncement, je suis certain d'avancer assez près pour voir à quoi il ressemble sans qu'il s'en doute. »

Sûr de son affaire, le garçon est sorti de la voiture et, lentement, il se coule dans l'ombre du trottoir aux numéros pairs, au bout duquel la silhouette figée poursuit sa veille de sentinelle.

L'ambulance démarre. Un agent de police fait un signe au chauffeur. Il a le dos tourné et Quentin en profite pour progresser de quelques pas afin d'atteindre la grille qui donne sur une cour. Là, il se glisse dans le recoin d'un pilier en ciment et marque une halte. Il est pris subitement d'une angoisse qui lui donne un haut-le-cœur en réalisant sa témérité. Il se dit que si c'est l'assassin qu'il cherche à voir, il risque sa vie.

La peur qui vient de l'envahir et qui lui coule dans les veines attise sa curiosité, le stimule et lui fait éprouver la sensation d'être devenu soudainement un héros.

Tremblant un peu cependant, il se décide à abandonner son refuge derrière le pilier auquel s'accroche la haute grille de fer. Il se plaque le dos au mur et, priant pour que la silhouette ne tourne pas la tête vers lui, il avance en crabe.

« Si ça tourne mal, je n'ai qu'à crier. Bien sûr, mon honneur sera légèrement ébréché, mais on se relève plus facilement d'une honte passagère que d'un coup de couteau, une balle de revolver ou une pointe de sarbacane ! »

Lui, il observe.

Il se complaît à regarder le spectacle nocturne dont il est la cause. Il se donne encore quelques minutes avant de quitter les lieux, pareil à un acteur cabot qui se retire à regret de la scène.

Il repense à la seconde magnifique et magique où Rébouvile a cessé de respirer. Une seconde déchirée dans le tissu de l'éternité ! Une poussière de temps brillant comme une étoile. Jamais il n'oubliera ce moment superbe du professeur tombant à la renverse dans son bureau, vendredi matin. Les deux hommes se sont rejoints à l'Occident, dans la barque du Passeur qui les mènera bientôt vers le Mangeur d'ombres, le Briseur d'os[1]...

Il observe.

Ni la nuit, ni la pluie n'existent pour lui. Il se tient debout dans son propre rêve, éveillé et si sensible à son plaisir, qu'il se croit revenu au temps paisible de son enfance.

Il se revoit sous une pluie d'été, fraîche et bienvenue. Il court derrière celui qu'il aime le plus au monde, celui pour qui il tue maintenant. Il essaye de le rattraper en riant.

Il court dans ses pas.

Son évocation se désagrège soudainement à cause d'un léger bruit sur sa gauche. Il se retourne aussitôt en prenant soin de dissimuler son visage sous la capuche de son imperméable.

Il voit un grand adolescent un peu maigre et à la tignasse brune en bataille qui le regarde, effrayé. Qui regarde plutôt le bout de la sarbacane dépassant de son imperméable.

1. Noms donnés aux génies du Royaume des morts dans l'Égypte antique.

Lui, le tueur, il n'aurait qu'un geste à faire pour attraper le cou de ce curieux. Il serrerait fortement jusqu'à ce que le sang de ses veines cesse de battre sous ses paumes.

Mais ce garçon inconnu ne fait pas partie de son plan de vengeance.

Quentin ne comprend pas pourquoi il ne peut pas crier. Il est paralysé par la peur, glacé par elle. Il hurle pourtant dans sa tête. Il appelle son père comme il l'a souvent fait dans ses cauchemars. Cette fois, le cauchemar est la réalité et son cri reste muet.

Sa confrontation avec le tueur n'a pas duré plus de trois secondes. La forme en imperméable lui a tourné le dos, presque naturellement, et s'est mise à courir pour se laisser absorber par la pluie et la nuit dans lesquelles elle s'est dissoute.

Quentin a eu le temps de voir les yeux de l'assassin. Sa mémoire en a gravé l'étrange fixité.

7
Trois archéologues

Le dimanche qui a suivi cette nuit n'a pas ressemblé aux dimanches que Quentin et son père ont pris l'habitude de passer ensemble. Rentrés vers sept heures du matin, fatigués, ils se sont recouchés pour dormir quelques heures. Sébastien Victor a trouvé le sommeil avec difficulté après avoir tenté de mettre en ordre les dernières découvertes concernant celui qu'il appelle désormais « le tueur au chat ».

Quentin, au contraire, s'est glissé dans ses draps et, exténué, a programmé deux heures de sommeil.

Car c'est là aussi l'une des nombreuses facultés de son cerveau de surdoué : pouvoir définir à l'avance combien de temps il doit dormir. Son horloge biologique, depuis l'âge de cinq ans, ne l'a jamais trahi.

Le garçon, en s'endormant, s'est juste demandé s'il était nécessaire d'avouer à son père qu'il avait vu l'assassin.

À son réveil, deux heures précises plus tard, il décida de garder le silence au sujet de sa petite aventure nocturne. Il se leva sans bruit pour se rendre dans la kitchenette afin d'y préparer un petit déjeuner reconstituant. Il mourait de faim et se doutait que son père réclamerait un café dès qu'il mettrait un pied par terre.

Ensuite, ce fut une journée comme ne les aimait pas Quentin. Son père et lui n'avaient de goût pour rien de précis et laissèrent filer les heures à jouer aux échecs, aux cartes, à parler un peu de l'affaire Mélisson qui était devenue l'affaire Mélisson-Rébouvile, à flâner…

L'après-midi s'étira mollement avec de longues plages de silence qui y creusèrent leurs trous d'ennui. Il pleuvait toujours et les carreaux des fenêtres ruisselaient. L'ombre vint vite. Elle annonçait l'heure qui allait séparer le père et le fils jusqu'au vendredi suivant.

L'inspecteur était maussade. Il reconduisit son fils en tentant d'animer une conversation fatiguée, mais il était évident qu'il conservait son attention fixée sur son enquête.

La voiture stationna en double file devant le 4, avenue de la Porte Brancion, ses feux de détresse clignotant. Quentin attrapa son sac à dos resté sur le siège arrière et se pencha pour embrasser son père.

« Bonne semaine, mon grand ! »

C'est ainsi qu'il l'appelait quand il voulait lui manifester de la tendresse. Ou tout simplement de l'amour. L'amour d'un père que l'on voit entre parenthèses.

« À toi aussi, p'pa. Ne t'inquiète pas trop...

– Tu veux parler de mon « tueur au chat » ?

– Il en fait trop. Ce type agit dans la démesure. Il a mal digéré les films qu'il a vus. Ou les bouquins qu'il a lus ! »

Quentin sortit de la voiture. Il resta quelques secondes sous la pluie pour regarder cet homme encore jeune au profil nettement dessiné, si clair. Aux yeux si verts.

« À vendredi, p'pa.
– Je ferai un effort pour ne pas être trop en retard.
– Pas grave ! »
Puis Quentin a souri et la voiture a redémarré.

Il est vingt heures trente. Quentin s'est enfermé dans sa chambre après avoir fait croire à sa mère qu'il révisait son contrôle d'allemand.

Ce n'est pas tout à fait un mensonge puisque le livre d'allemand est réellement ouvert sur le bureau et que Quentin y jette un œil distrait de temps à autre, photographiant mentalement les phrases sur lesquelles il risque d'être interrogé le lendemain.

Par contre, il porte plus d'intérêt et de temps à la lecture des magazines *Histoire Antique* et, en particulier, aux articles rédigés par le professeur Mélisson, au retour de la mission portant son nom dans la vallée de Deir El-Médineh.

Il y est question des confrères que le célèbre professeur emmena avec lui sur le site, dont Rébouvile, alors jeune archéologue.

En cette année 1962, la mission Mélisson avait la prétention d'exhumer le sarcophage de l'architecte

PINGOUINS

de la grande place de Maât dont le nom était souvent mentionné sur de nombreux papyrus.

Pazer était ainsi glorifié :

« *Ô Hathor, accueille ton fils préféré qui porte le nom de Pazer. Il vient à toi sur la Barque du Couchant et son cœur est pur. Il fut l'Architecte de la Demeure Dorée. Il fut le Maître des Nombres et de l'Harmonie.* »

« Mince, souffle Quentin en poursuivant sa lecture. Le gars Pazer a bénéficié des faveurs divines pour traverser l'Éternité ! Il devait être rudement important pour être recommandé de la sorte auprès des Immortels ! »

Il feuillette l'un des numéros de la revue, consacré spécialement à la découverte de la tombe de Pazer. Le récit décrit avec minutie les travaux d'excavation qui employèrent une trentaine d'ouvriers, les difficultés nombreuses rencontrées à cause de la nature du terrain, la peur inexpliquée de certains contremaîtres qui considéraient la tâche dangereuse…

Le chantier fut d'ailleurs arrêté deux fois et déserté par les ouvriers. Il reprit avec de nouveaux manœuvres et connut d'autres ennuis.

Commencées réellement en août 1961, les fouilles

s'achevèrent en janvier 1962. Les trois archéologues avaient été abandonnés par tous à la suite du décès de deux terrassiers, étouffés sous des tonnes de pierres que des étais n'avaient pu contenir.

Entêtés, les professeurs Mélisson, Rébouvile et Lamorrisse parvinrent, seuls, à extraire le sarcophage de son tombeau ainsi que de multiples objets dont les rouleaux du Livre des Nombres...

Tous trois furent décorés et glorifiés pour ce triomphe qui fit leur célébrité.

« Trois ânes butés, oui ! pense Quentin. Trois fourmis obstinées qui se sont acharnées à creuser le sable avec leurs ongles et leurs dents et qui ont bâti leur fortune grâce à la momie d'un architecte ; lequel ne demandait qu'à dormir peinard jusqu'au jour où Osiris le prendrait par la main ! »

Mais Quentin frappe violemment du plat de sa paume sur la page qu'il est en train de consulter.

« TROIS ! s'écrie-t-il. Ils étaient trois... Mélisson, Rébouvile et Lamorrisse. Les deux premiers sont morts et... »

La porte de sa chambre s'ouvre dans son dos. Sa mère passe la tête par l'entrebâillement. Quentin se retourne en ayant pris soin de présenter sa physionomie la plus naturelle qui soit.

« C'est toi qui as fait ce boucan ? demande sa mère.

– Excuse m'man. C'est l'allemand qui m'entre dans le crâne.

– Tu n'as pas fini de réviser ? Tu devrais te coucher ; je parie que tu as encore dû veiller, chez ton père. »

Quentin hoche la tête. Il se souvient, d'un coup, de la nuit presque blanche qu'il a passée en partie dans la voiture, sous la pluie.

« Non, p'pa était fatigué. Il est sur une affaire pas marrante du tout. Ou plutôt si ; une enquête dingue.

– Du genre ? interroge sa mère curieusement intéressée. »

Il répond en essayant de dissimuler du mieux qu'il le peut les magazines étalés sur son bureau :

« Tu as regardé les infos à la télé ?

– Vaguement. Pourquoi, on a parlé de Sébastien ? »

« Là, elle a appelé p'pa par son prénom. Un bon point ! » pense Quentin avant de préciser :

« Un gars est en train de semer derrière son passage des lettres parfumées, des cadavres empoisonnés et des chats aux odeurs de menthe et d'encens. La routine, en quelque sorte ! »

Sa mère fait un pas dans la chambre. Quentin remarque qu'elle est restée en jupe, en chaussures, et qu'elle est parfaitement maquillée ; ce qui le rend aussitôt de mauvaise humeur. Pour lui, il n'y a pas de doute, elle aimerait qu'il s'endorme rapidement pour avoir sa soirée.

« Je parie que le « Jean-Mélinot-aux-belles-dents » va pointer sa truffe de lévrier dans une ou deux heures. J'efface le bon point ! »

Boudeur, il explique :

« Il s'agit de meurtres étranges où les victimes sont des vieillards. Des archéologues à la retraite.

– On en a parlé en effet au journal de vingt heures. »

Elle va pour quitter la chambre quand elle marque un temps et ajoute :

« Je suis certaine que ton père parviendra à mettre la main sur le coupable. J'ai le sentiment que cette enquête est suffisamment folle pour lui convenir. »

Elle lui fait un dernier petit signe de la main et dit :

« Dors bien, Quentin.

– Toi aussi, m'man. »

Mais il se doute que sa mère n'a pas l'intention de dormir. Dans un geste de colère, il balaye livres et magazines épars sur son bureau.

En tombant sur le tapis, l'un des journaux s'ouvre à une page comportant une photographie en couleur représentant le professeur Mélisson. Il pose devant l'entrée de la tombe de l'architecte Pazer en compagnie de ses confrères Rébouvile et Lamorrisse. La photographie a été prise à l'aide d'un déclencheur à retardement, précise la légende.

Quentin s'est assis sur le tapis et a repris ce magazine pour regarder de plus près la photographie banale et sous-exposée.

Il demeure une longue minute à observer les trois jeunes archéologues, s'attardant sur la moustache et le collier de barbe du sérieux Mélisson, examinant l'expression indolente de Rébouvile, scrutant le visage carré au menton volontaire et au front dégarni de Lamorrisse.

« Ils étaient trois », murmure-t-il en laissant courir lentement un index sur le papier brillant, allant d'un visage à un autre puis s'arrêtant sur l'ombre creusée dans le rocher qui cachait la tombe de Pazer.

Le doigt de Quentin s'est posé sur cette masse d'encre qui représente l'ouverture de la galerie que les ouvriers eurent tant de mal à percer.

« Trois », répète-t-il.

Puis il sourit et se passe la main dans son épaisse tignasse en un geste rituel qui signifie qu'il a résolu un problème.

« Ils n'étaient pas trois. Là, dans l'ombre, cette forme à peine visible... Elle s'est plaquée contre la paroi et personne n'a sans doute jamais remarqué que c'était une silhouette humaine ! Personne ne s'est donné la peine de s'attarder sur ce centimètre carré de photo ! Personne, parce qu'il n'y avait rien à y chercher avant qu'un tueur se réveille du passé ! »

Quentin se relève. Son visage trahit son contentement ; il ouvre un tiroir de son bureau et y fouille pour dénicher bientôt une petite loupe, l'un des rares objets sauvés par sa mère de l'héritage de son grand-père.

Cette fois, penché sur la photographie agrandie, il peut affirmer qu'il y avait une quatrième personne ce 15 janvier 1962 et que les professeurs Mélisson, Rébouvile et Lamorrisse ont menti en affirmant qu'ils n'étaient plus que trois sur le chantier !

Quentin se redresse, abandonne loupe et journaux, se pince le nez et articule d'une voix nasillarde et pointue :

« À toi de prendre le relais, Canard ! C'est le moment d'entrer en scène... Tu vas lancer l'inspecteur Victor sur les traces de cet acteur mystérieux qui jouait le discret en ne voulant pas apparaître sur la photo ! En marche pour l'acte suivant… »

Quentin prend son élan et saute sur son lit. Il y rebondit deux fois avant de croiser ses mains sous la nuque pour planter son nez en l'air et rêvasser en regardant le plafond.

Méthodiquement, semblable à un édifice qui se bâtirait lui-même, étage après étage, la théorie de Quentin relative à l'enquête de son père se précise, se définit. Ses mille petites briques, encore en désordre quelques heures plus tôt, s'assemblent maintenant et se joignent parfaitement.

Il repense un instant au regard du tueur qu'il a pu saisir cette nuit pendant quelques secondes.

Un regard fixe, sans expression. Pareil à celui d'une statue peinte.

8
Canard

L'INSPECTEUR Sébastien Victor entre dans le bureau qu'il partage avec Mallet et un nouveau jeune stagiaire trop discipliné à son goût. Presque obséquieux.

« Bonjour inspecteur !

– Bonjour Lozec ! Mallet s'offre une grasse matinée ? »

Le stagiaire, pour qui la seule idée d'arriver en retard est déjà une faute professionnelle, répond aussitôt :

« Il y avait une note sur la messagerie : l'inspecteur Mallet est retourné très tôt au domicile des Rébouvile. Il a dit qu'il vous joindrait dans le cours de la matinée. »

Sébastien Victor se laisse tomber sur sa chaise et jette un rapide coup d'œil sur les fiches et dossiers que le méticuleux Lozec a préparés à son intention.

Il parcourt distraitement les photographies des cadavres de Mélisson et de Rébouvile, l'un sur le tapis persan de son bureau, les bras en croix et l'autre dans son lit, la bouche grande ouverte. Tous les deux expriment la terreur.

« Le patron m'a demandé ? » interroge l'inspecteur.

Lozec s'arrête de frapper sur le clavier de son ordinateur, se penche vers son supérieur en tendant son long cou maigre et prend un air terriblement important pour répondre :

« Non, inspecteur.

– Après tout, cette affaire est-elle si importante ? »

La sonnerie de son téléphone interrompt le cours de ses pensées. Il décroche le combiné, mais se lève de sa chaise pour jeter un coup d'œil dans le bureau de sa secrétaire que seuls une vitre et un petit mur très bas séparent de lui.

La femme qui vient de lui passer la communication se pince le nez en lui lançant un clin d'œil.

Pour Lozec, en stage depuis seulement deux semaines, cette scène extravagante le laisse abasourdi. Sa surprise redouble quand il entend l'inspecteur Victor prononcer ces mots dans le combiné :

« C'est toi, Canard ? Tu es sorti de ta mare de bonne heure ce matin ! »

Sébastien Victor presse la touche haut-parleur du combiné pour faire profiter Lozec de sa conversation avec son informateur favori.

« Vous êtes prêt à barboter inspecteur ; on commence un nouveau jeu ? lance la voix nasillarde du correspondant.

– Je ne suis pas dans ma meilleure forme, mais je veux bien tenter une nouvelle partie avec toi. Je t'écoute.

– C'est une recette à découvrir… »

Sébastien Victor s'est confortablement installé et a branché l'enregistreur des correspondances. Canard poursuit :

« Une vieille recette ! Pour la réussir, il vous faut trois égyptologues, une tombe enfouie dans le sable de Deir El-Médineh, le sarcophage d'un architecte, des chats, un peu de menthe, un soupçon d'encens et une larme d'huile de cèdre… Vous suivez ?

– Continue, Canard. Je crois qu'actuellement je ne dispose que de quelques ingrédients. »

Un rire, au bout de la ligne. Comme le rire d'une créature de dessin animé.

« Je sais, inspecteur. Vous n'avez que les deux égyptologues Mélisson et Rébouvile ainsi que la menthe et l'encens, n'est-ce pas ?

– Tu as regardé les informations à la télé, Canard ! Et tu as lu les journaux du matin. Ta recette sent le réchauffé. »

Nouveau rire.

« Au contraire, inspecteur ! Je vous livre du frais… Dans ma liste je vous ai parlé d'un troisième égyptologue et d'un troisième parfum. Saviez-vous que certaines momies étaient préparées pour leur Éternel Voyage avec des solutions mentholées et qu'on les parfumait ensuite d'encens ?

– Cette fois, tu commences à me mettre l'eau à la bouche, Canard.

– Je m'en doutais, reprend la voix. Je pense que vous ignorez aussi que l'on introduisait une liqueur à base d'huile de cèdre dans les entrailles du défunt.

Cette potion, en un temps rituel de soixante jours, servait à dissoudre tous les viscères du mort.

– Tu es une véritable encyclopédie. Chacun de tes coups de fil me rend plus savant, dit l'inspecteur en regardant son jeune stagiaire.

– Reprenons la recette, si vous le voulez bien. À mon avis, le troisième archéologue, un certain docteur Lamorrisse, ne devrait pas tarder à passer à la casserole ! »

L'inspecteur, tout en écoutant attentivement Canard, s'est mis à griffonner de petits croquis sur une feuille blanche.

« Lamorrisse, dis-tu ?

– Vous le trouverez facilement. Il faisait partie de la mission Mélisson, en 1961 et 1962. Lui aussi pourrait recevoir un courrier parfumé et avoir la visite d'un chat sentant l'huile de cèdre…

– Si je te suis bien, tu essayes de me faire comprendre qu'un troisième homme risque d'être assassiné dans les prochains jours ? Mais par qui, Bon Dieu ? »

Silence.

« Par qui ? répète l'inspecteur.

– Là, c'est le clou de la recette, inspecteur ! La

touche finale ! C'est à vous de dénicher le tueur. Moi, je ne le connais pas. J'ai juste un soupçon d'idée… Mais si mince ! Hâtez-vous de vous occuper de Lamorrisse.

– Tu me rappelleras ?

– Peut-être. Au fait, avez-vous un nom pour ma recette ?

– Je n'ai plus envie de rire, dit sèchement l'inspecteur.

– Désolé. Mais vous avez sans doute raison de la laisser anonyme. C'est une antique préparation égyptienne… Un plat qui se mange froid. »

Sébastien Victor réagit aussitôt à cette dernière phrase en criant presque dans le combiné :

« La vengeance !

– Bien joué ! inspecteur, le félicite la voix de canard. »

L'informateur a raccroché. L'inspecteur reste quelques secondes, méditatif, à contempler les croquis qu'il a entrelacés durant cette brève discussion. Trois bonshommes faits de bâtons, trois chats, trois noms…

« Inspecteur ?

– Oui, Lozec.

– Qui était-ce ? À qui parliez-vous, à l'instant ?

– Je l'ignore. Je l'ai surnommé Canard. Il s'est imposé à moi comme indicateur il y a un an. Ce type est une sorte de médium. Ou magicien. Il me donne des informations qui me font gagner un temps fou à chaque coup de fil.

– Vous auriez pu le localiser, s'étonne Lozec. Il suffit de…

– Non, l'interrompt l'inspecteur. Canard a imposé la règle du jeu : je ne dois pas chercher à savoir qui il est. Sinon, il disparaît. Ses services me sont trop précieux pour que je prenne ce risque. »

Le stagiaire soupire un « ah ! » dubitatif. Sébastien Victor quitte sa chaise et lui dit :

« C'est moi qui vais aller voir le patron. Canard nous a déroulé un tapis rouge sous les pieds et il nous faut sortir la grosse artillerie. Puisque vous êtes réputé pour être le Mozart des computers, dégagez-moi tout ce que vous pouvez pêcher sur Lamorrisse, la mission Mélisson, les mammifères digitigrades et la civilisation égyptienne, toutes dynasties comprises ! »

Le jeune Lozec, les yeux ronds, hoche la tête en signe d'assentiment. Sébastien Victor attrape les dossiers de son bureau et se dirige vers la porte.

Le stagiaire le rappelle au moment où il quitte la pièce :

« Inspecteur !

– M'mm ?

– C'est quoi un mammifère digitigrade ? »

Sébastien Victor soupire si sérieusement que sa victime rougit de son inculture flagrante.

« Un chat, Lozec ! C'est un chat ! On ne vous a donc rien appris à l'école ! »

Puis il sort, non sans avoir dédié un second clin d'œil à sa secrétaire qui a l'ouïe fine. Elle a tout entendu.

9
Trois égale cinq

Il a pris conscience que tuer Lamorrisse est devenu une tâche périlleuse, beaucoup plus difficile que celle qui a consisté à écraser ces deux cafards de Mélisson et Rébouvile !

Ses deux premiers crimes furent presque un jeu. Il éprouva d'ailleurs une joie enfantine en les réalisant, après les avoir imaginés et soigneusement dessinés dans son esprit.

Maintenant, la presse s'est emparée de « l'Affaire du tueur au chat » et il en ressent un certain malaise. Il souffre de cette intrusion dans son intimité, dans son propre rêve de vengeance. Les meurtres lui appartiennent. À lui seul.

Il doit se hâter, pour abattre le dernier des trois... Il lui faudra déjouer la surveillance qui est désormais certainement en place autour de la maison de Lamorrisse. La police a forcément remonté la piste jusqu'au docteur.

Lutter contre le temps. Son unique ennemi est le temps ! Il en dispose de si peu... Chaque nouveau jour lui vole un peu de ses forces. Ce n'est que grâce à l'énergie distillée par sa haine qu'il parvient à accomplir son œuvre. Et puis surtout, il a l'intime conviction qu'il est aidé par celui qu'il a tant aimé et qui repose sous les pierres et le sable de Deir El-Médineh.

L'ombre d'un mort emmuré le guide, l'encourage et le maintient vivant le temps nécessaire. Une âme écorchée, douloureuse et haineuse s'est substituée à la sienne. Lui, il l'a accueillie avec générosité et lui a permis de se lover au creux de sa rancune, tel un animal orphelin.

Comme il le lui a promis le vendredi soir, Quentin, à la sortie de ses cours, vient retrouver son ami Diogène.

La pluie a repris et le vieil ermite est à l'intérieur de la citerne qui lui sert d'habitation. Il accueille le garçon avec plaisir et curiosité, impatient d'apprendre les nouveaux rebondissements de l'enquête concernant le meurtre des deux égyptologues.

Quentin s'est assis sur une pile de livres aux magnifiques couvertures en cuir brun pour lui faire un résumé précis de l'affaire en cours.

« N'empêche, dit alors Diogène. Ton père et toi-même ignorez qui est le tueur !

– Exact, admet le garçon. Mais le docteur Lamorrisse est maintenant sous haute protection, toute discrète que soit celle-ci. Il habite une maison dans l'arrière-cour d'une ancienne imprimerie à Antony ».

Tout en surveillant l'eau pour le thé qu'il a mise à bouillir dans une petite casserole posée sur un réchaud à gaz, Diogène demande :

« Ton inspecteur de père ne pense pas que le criminel va être assez stupide pour plonger tête baissée dans la nasse ? Tu te doutes bien qu'il a compris que la police a découvert le rapport entre les trois égyptologues !

– Ce n'est pas un criminel habituel, Diogène, précise Quentin. Celui-ci a besoin d'un cérémonial maniaque pour donner une raison à ses meurtres. C'est ce que j'ai essayé de faire comprendre à mon père, ce matin, par la voix de Canard. Je l'ai appelé d'une cabine, juste avant d'aller en cours.

– Tu m'as dit qu'il y avait un quatrième homme avec Mélisson, Rébouvile et Lamorrisse. Ne serait-ce pas lui qui tuerait aujourd'hui ses associés d'hier ? »

Quentin réfléchit avant de répondre.

« Cette solution serait pratique. Je l'ai écartée, pourtant.

– Tu as sans doute tes raisons, fait Diogène en éteignant son réchaud et en jetant dans la casserole d'eau frémissante une pincée de thé. »

Quentin reprend :

« Je suis tout près... près de la solution de l'énigme ! J'en suis sûr. Il y a quelque chose qui me tracasse et que je n'arrive pas à isoler. Un détail... Un mot ou une impression ! Je dois trouver ce que c'est pour éviter que Lamorrisse subisse le même sort que ses compagnons. »

Diogène se penche sur sa casserole pour juger au nez si le thé a suffisamment infusé et, satisfait, entreprend d'en servir deux tasses.

Quentin poursuit :

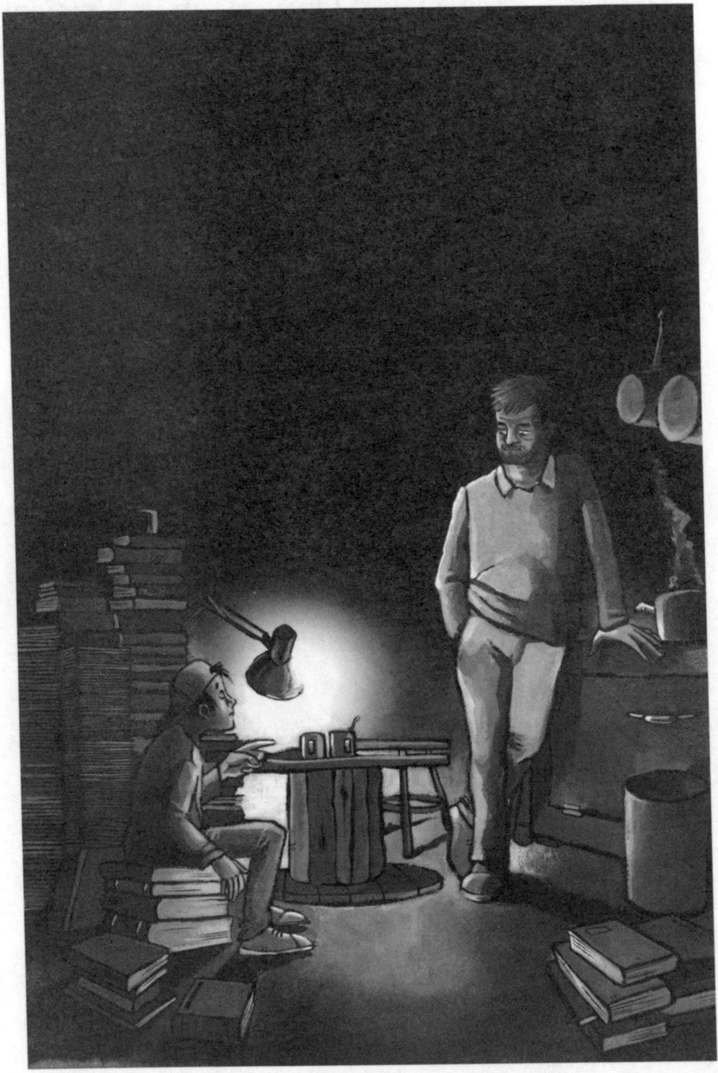

« Trois… puis quatre ! On a cru qu'ils n'étaient que trois lors des derniers jours de fouille sur le site de Deir El-Médineh. Trente ans plus tard, on retrouve quatre personnages. Mais, en partant du principe que le tueur n'est pas le quatrième qui se cache sur la photographie, il nous faut réviser les données du problème !

– Eh, pas si vite ! N'oublie pas que mon cerveau ne roule pas aussi rapidement que le tien. J'ai un peu de peine à embrayer, petit génie.

– C'est pourtant simple ; les trois archéologues ont toujours affirmé qu'ils avaient à eux seuls dégagé le sarcophage de l'architecte Pazer. Dans tous les articles ou livres qui ont paru à leur retour en France, ils n'évoquent à aucun moment la présence d'un quatrième associé sur les lieux. J'en déduis que s'ils étaient quatre à l'époque, on en soustrait un pour trouver le chiffre trois représentant Mélisson, Rébouvile et Lamorrisse ! Où est passé le quatrième ? Est-il resté en Égypte ? Est-il revenu avec les trois archéologues ou…

– Ou ? demande Diogène, de plus en plus attentif.

– Ou il est mort ! Et le tueur est un cinquième personnage… Oui, nous avons cinq acteurs. Pas quatre, pas trois… Mais cinq ! Cinq dont un mort.

– J'en reviens à ma première constatation, Quentin ; malgré tes dernières déductions, nous ignorons l'identité de l'assassin.

– Plus pour très longtemps », précise le garçon.

De la fenêtre de son salon, le docteur Henri Lamorrisse peut apercevoir les policiers en civil qui se sont postés en faction à certains endroits stratégiques de l'ancienne imprimerie. Ils sont au nombre de quatre. L'un a pris position dans un petit bâtiment désaffecté, juste en face, un second s'est caché dans un appentis, pas loin de la porte monumentale en fer qui donne sur la rue, un troisième attend dans une voiture banalisée à l'extérieur et le quatrième monte la garde au rez-de-chaussée, dans le vestibule de l'immeuble de trois étages qu'habite le docteur.

Malgré ce déploiement de sécurité ainsi que les conseils réconfortants du jeune inspecteur qui s'est présenté à lui en début d'après-midi, Henri Lamorrisse, habituellement maître de lui, souffre maintenant d'un sentiment d'angoisse incontrôlable qui se manifeste par des gestes nerveux et une transpiration abondante.

Il sera la prochaine victime… Il ne cesse de penser que le plan du tueur fait preuve d'une rigueur et d'une logique implacables. Se souvenant à regret du 15 janvier 1962, il éprouve un dégoût qui le prend au ventre, lui déchirant l'estomac et remontant dans sa gorge avec une acide odeur de bile.

« Mélisson… Comme nous avons été lâches envers toi, mon pauvre vieux ! »

Il abandonne sa veille à la fenêtre et se dirige vers son bureau encombré des nombreux documents qu'il consulte régulièrement pour écrire ses mémoires.

Il a perdu l'envie de se remettre à son travail. Son regard erre sur les feuillets qu'il a déjà couverts de sa large écriture aux lettres dessinées à l'ancienne.

« Mes mémoires… Quelle farce ! Toute ma carrière ne tient que par un seul fil. Une grosse ficelle, plutôt ! Un énorme mensonge… Et une malédiction qui prend forme aujourd'hui ! « Il » est donc revenu comme « il » l'avait juré… »

Il se rend dans sa bibliothèque qui regorge de livres plus gros les uns que les autres, aux titres ennuyeux et pompeux. Il en retire un, l'ouvre et en dégage un flacon de whisky.

C'est dans cette cachette, dans ce faux livre, qu'il a toujours dissimulé son vice.

Il boit à même le goulot, se convaincant que la mort doit être plus agréable à accueillir quand on est ivre. Il boit jusqu'à s'en étouffer.

La gorge brûlante, les pommettes rouges, le docteur Henri Lamorrisse repose le flacon dans sa boîte, referme le livre, le remet en place et va s'asseoir dans un fauteuil pour attendre…

« Anubis ne devrait plus tarder », soupire-t-il.

10
Le tueur

JEUDI. Quentin est déçu. Le « tueur au chat » ne s'est plus manifesté. Il en vient à douter de sa théorie.

« Ce n'est pas la peine d'être un surdoué pour piétiner de la sorte ! »

Il a appris par son père, qu'il a eu deux fois au téléphone depuis lundi, que le docteur Lamorrisse fait l'objet d'attentions toutes particulières, un filet étant tissé tout autour de lui, prêt à prendre sa proie. Sa ligne est mise sur écoute, son courrier est décacheté préalablement par un inspecteur…

Le vieux docteur ne sort plus de chez lui. Il reste prostré dans un fauteuil qu'il ne quitte que pour manger ou dormir. Il attend.

Tous attendent. L'inspecteur Sébastien Victor, Mallet, Quentin et Diogène attendent.

Jeudi, 19h15. Quentin a bâclé ses devoirs en quelques minutes, assuré qu'il aura la meilleure note de sa classe. Sa mère est rentrée plus tôt que d'habitude de la librairie et se détend dans la mousse parfumée d'un bain chaud.

Sur son bureau, à nouveau, Quentin a étalé tous les documents relatifs aux trois égyptologues. Il en connaît la totalité des textes par cœur, mais ne peut s'empêcher de les regarder encore, persuadé qu'il ne cherche pas dans la bonne direction.

De mauvaise humeur, il parcourt l'*Express* que sa mère a rapporté de la librairie. L'hebdomadaire a consacré quelques pages au meurtre des anciennes sommités Mélisson et Rébouvile, retraçant succinctement leur vie.

Distraitement, Quentin feuillette l'article qui comporte les photographies des deux hommes. Mais même distraitement, son esprit enregistre le minuscule détail qui illumine d'un coup toute sa théorie.

Il examine le magazine, s'attarde sur le portrait du professeur Mélisson avec sa moustache et sa barbe blanches, et se met à crier de joie.

« Ça va, Quentin ? lui demande sa mère depuis la salle de bains.

– Je descends quelques minutes, m'man. Un copain à voir pour un exposé...

– On mange à huit heures !

– Oui, oui... »

Quentin passe un blouson en toute hâte, attrape ses clefs et file hors de l'appartement.

Il dévale les escaliers, traverse la cour en quelques enjambées et débouche dans la rue où il manque de renverser un voisin. La cabine téléphonique qui est à l'angle de l'avenue de la Porte Brancion et du boulevard Lefebvre est libre. Il s'y enferme, glisse sa carte téléphonique dans la fente de l'appareil et compose un numéro, le cœur battant, impatient et nerveux.

« Inspecteur Victor ?

– Canard ? Mais c'est du harcèlement ! Tu ne m'as jamais appelé chez moi. Je croyais que j'étais sur liste rouge... »

La voix nasillarde a un débit plus rapide qu'à

l'ordinaire et Sébastien Victor le remarque aussitôt.

« Inspecteur, vous voulez jouer ?

– Ce soir ! Maintenant ?

– Vous pataugez dans la mare, inspecteur. Ne me dites pas le contraire.

– En effet, en convient Sébastien Victor.

– Je peux vous aider à sortir la tête de l'eau.

– Quand j'étais gosse, j'avais une bouée en forme de canard. Tu m'y fais penser, en ce moment !

– Inspecteur, reprend Canard avec insistance. A-t-on pratiqué une autopsie sur le cadavre du professeur Mélisson ?

– Quelle idée ! Bien sûr. Cela fait partie du protocole habituel dans ce genre de circonstances. Nous avons agi de même pour Rébouvile avec l'accord de sa femme. Où veux-tu en venir, Canard ?

– Vous n'avez rien noté d'anormal sur Mélisson ?

– À part la blessure à la nuque, rien d'autre, non !

– Avez-vous relevé ses empreintes digitales ? »

Cette fois, l'inspecteur Victor se demande si le Canard est en possession de toute sa raison.

« Pour quelle raison l'aurions-nous fait, interroge-t-il en se moquant ? C'était lui la victime et non le coupable ! »

Le Canard s'aménage un court silence avant d'asséner cette surprenante révélation :

« L'erreur est là, inspecteur : Mélisson était le coupable ! Comme Rébouvile ! Comme Lamorrisse ! Ce sont de vieux coupables et le tueur les élimine par vengeance ! »

Sébastien Victor en a le souffle coupé. N'ayant jamais eu à se plaindre de son indicateur en un an de collaboration, il prend cette révélation avec sérieux, même si elle paraît folle.

Sans vraiment comprendre, il entend la voix nasillarde ajouter :

« À vous de jouer, inspecteur ! Si j'étais vous, j'irais poser quelques questions à une certaine personne.

– À qui ? bredouille l'homme. »

Ce que lui répond Canard est un nouveau choc.

« Bon Dieu ! Je n'aurais jamais pensé à lui ! » se dit-il.

Canard vient de raccrocher.

Le tueur ne dispose plus que d'une seule et unique voie pour atteindre le docteur Henri Lamorrisse sans tomber dans le piège que lui a tendu la police. Il en a évalué le risque, mais sait ne plus pouvoir reculer.

Il a conservé souplesse et agilité malgré l'âge ; son escalade le long de la gouttière pour parvenir au balcon des Rébouvile en a été la preuve.

Cette nuit, il soufflera sa dernière pointe empoisonnée. Par ce troisième meurtre il signera l'œuvre d'Anubis ; sa vengeance sera enfin accomplie.

Il ne peut pas se permettre d'attendre. Chaque jour, le temps, son ennemi, lui plante ses crocs plus profondément dans la chair et il devine l'issue de ce combat.

Il tuera le docteur cette nuit.

L'inspecteur Mallet est arrivé vers 20h30 au domicile d'Henri Lamorrisse sur les recommandations de Sébastien Victor qui a semblé fébrile en lui disant sur son portable :

« Tu montes la garde du vieux ! Tu ne le quittes pas… À aucun moment ! Tu dors avec lui s'il le faut ; je t'expliquerai plus tard, mais surveille-le comme si c'était ton propre père ! »

Mallet est donc maintenant dans le salon du vieillard avec lequel il partage un repas froid. Il ne se sent pas à son aise au milieu des statuettes en bois représentant des dieux hybrides, des masques en or aux yeux vides et morts, des serpents en albâtre, des feuilles de papyrus recouvertes de colonnes d'idéogrammes, des bracelets, des colliers, des bagues…

La grosse carcasse de Mallet fait grincer le malheureux siège en osier que Lamorrisse lui a offert et l'inspecteur en trouve le bruit incongru.

Une conversation effilochée s'étire entre des silences trop longs. Manifestement, le docteur a peur. Ses deux anciens collègues sont morts à peu de temps d'intervalle et il redoute que cela soit son tour.

Mallet tente de le rassurer de sa voix bonhomme :

« Il ne pourra pas passer… Rassurez-vous !

– Je ne partage pas votre confiance, inspecteur.

– Il faudrait être un sacré sorcier pour nous glisser entre les doigts. On cerne la maison et je ne vous quitte pas des yeux…

– Cela suffira-t-il ? » soupire Lamorrisse avec un ton exprimant la fatalité.

Mallet hausse les épaules. À quoi bon s'évertuer à rassurer ce vieil homme qui tremble comme si un fantôme lui avait donné rendez-vous ?

Le policier attaque un second sandwich au poulet. Son fauteuil en osier craque dans le silence revenu.

Il rampe sur un toit en pente et, au prix de difficiles reptations, parvient à en atteindre le faîtage. Il s'y arrête, allongé sur le ventre, son sac à dos lui pesant sur les épaules et les reins. Dedans, remuant et inquiet, un chat lui laboure les omoplates à travers le tissu.

Il manque de souffle. Il n'a pas pensé que l'épreuve serait aussi difficile.

Il lui faut reprendre son parcours et il s'y engage comme sur un chemin initiatique, sa souffrance et sa haine l'encourageant. Se traîner sur les tuiles glissantes, se laisser descendre de l'autre côté du toit, s'accrocher à la gouttière puis, à la seule force de ses bras, suspendu dans le vide, gagner un centimètre, deux, trois…

Vaincre sa douleur, oublier le sang qui commence à couler de ses paumes déchirées par l'arête du métal, parvenir enfin à un muret qui domine une cour étroite et noire.

À nouveau se reposer, respirer lentement en prenant soin d'éviter l'asphyxie.

Et sauter du muret dans la cour exiguë. Longer un pan d'ombre, reprendre l'escalade d'un haut mur, s'accrocher à lui tel un insecte déterminé que rien ne pourra arrêter. Un insecte dont le dard mortel plongera dans le cou d'un vieil homme effrayé.

« Le téléphone ! »

Henri Lamorrisse a sursauté.

« J'y vais, a dit Mallet en se dirigeant vers le combiné tout en évitant les pièges de la pièce, meubles égyptiens, vases et coffres.

– Oui ?

– C'est moi, Sébastien ! Tu es toujours à côté du docteur ?

– Je ne peux pas être plus près ; je suis devenu son ombre !

– J'arrive ! Je t'appelle de la voiture...

– Qu'est-ce qui se passe ? C'est pour cette nuit ? interroge Mallet.

– Le tueur est en route, l'ami ! Sois prudent...

– Comment peux-tu en être aussi certain ?

– C'est Canard qui m'a ouvert les yeux et donné la lumière. J'ai été m'assurer qu'il avait raison en me rendant jusque dans la tanière de l'assassin. Il n'y était plus !

– Pas une preuve ça, réagit Mallet, goguenard.

– Que si, reprend Sébastien Victor. Sois prudent, te dis-je ! J'ai fait sonner la cavalerie et le patron se pointera bientôt avec les tuniques bleues.

– Mais qui est ce dingue de tueur ?

– Un mort, Mallet ! En quelque sorte, c'est un mort ! »

Il regarde sa montre. Les aiguilles lumineuses indiquent 21h45. Il a mis beaucoup plus de temps que prévu pour accéder enfin au toit du bâtiment de ce qui était autrefois une imprimerie. Il se penche dans le vide et observe la cour, plus bas.

« L'inconscient ! pense-t-il en percevant la minuscule pointe incandescente d'une cigarette dans la nuit. Cette sentinelle, là... C'est un policier en train de fumer ! »

Le tueur examine les lieux d'un large coup d'œil et découvre l'issue par laquelle il lui sera possible de s'infiltrer chez Lamorrisse : une étroite fenêtre qui doit donner dans une salle de bains ou des toilettes. Une margelle courant sur toute la façade lui permettra de s'y rendre sur la pointe des pieds, talons dans le vide, ventre plaqué au mur, les doigts s'accrochant à la gouttière.

« Vous avez entendu ? »

La voix du docteur Lamorrisse n'est plus qu'une plainte aiguë.

« Oui », répond Mallet en abandonnant le siège en osier dans lequel il somnolait.

L'inspecteur porte la main à l'étui de son arme de service. Il a la paume moite. En huit ans de carrière, il n'a dû se servir que deux fois de son revolver. Sans jamais tirer ! À chaque fois, l'intimidation a été suffisante.

Il a entendu un bruit indéfinissable. Le son mat d'un pas sur un plancher ? Un sac que l'on pose ?

« Ne bougez pas, recommande Mallet à son hôte. Restez loin de la fenêtre, dans le coin, là... »

Mallet sort du salon, donne de la lumière dans le couloir qui dessert cet étage et fait quelques pas. Il tend l'oreille dans l'espoir de localiser un nouveau bruit.

Il y a trois portes derrière lesquelles peut se trouver le danger. Il en est au point où il se demande laquelle il va ouvrir quand l'une est brutalement forcée. Le battant vient cogner avec fracas contre le mur. L'inspecteur a juste le temps de voir une grande silhouette noire qui bondit sur lui trop vite pour qu'il puisse réagir. Il reçoit un violent coup de pied dans le ventre et se plie en deux sous l'effet de la douleur. Puis un choc dur et précis à la nuque l'abat sur le sol où il perd connaissance.

Le tueur, qui vient de l'assommer du tranchant de la main, enjambe son corps et se précipite dans le salon.

Sébastien Victor ne prend pas le soin de garer sa voiture qu'il abandonne feux allumés. Le policier en civil qui est de faction près de l'appentis le voit surgir arme en main et lui emboîte aussitôt le pas.

Tous deux, ils traversent la cour de l'ancienne imprimerie lorsque retentit un cri de terreur.

« Bon Dieu de Bon Dieu ! jure l'inspecteur. Trop tard !

– Personne n'est passé ! On était tous en contact grâce à nos « micro-oreillettes » !

– Par les toits ! crie Sébastien Victor. Ce tueur est une véritable araignée ! Il est arrivé par les toits. »

Les deux hommes se précipitent sur la porte de la maison de Lamorrisse.

« Défonçons-la ; Mallet est à l'intérieur ! » commande l'inspecteur.

Il ne leur faut pas trois minutes pour faire sortir la porte de ses gonds, aidés par deux autres policiers que le bruit a alertés.

Sébastien Victor s'engage dans l'escalier qui conduit au premier étage en ordonnant à ses hommes de fouiller le rez-de-chaussée.

Il crie :

« Mallet ! Mallet, c'est moi ! »

Arrivé sur le palier, son arme tenue à bout de bras, il découvre son collègue, allongé face contre sol.

« Mallet, si ce fou t'a tué... »

Mais le blessé fait un mouvement. Victor ne se baisse pas pour l'aider, restant aux aguets, son revolver dirigé vers le salon éclairé où plus rien ne bouge.

« Cette odeur, remarque-t-il.

– Qu'est-ce qui sent comme ça ? demande Mallet en revenant à lui, la voix pâteuse.

– Ta sieste est enfin terminée ?

– Et le docteur ?

– Regarde par toi-même, lui dit Sébastien Victor. »

Chancelant, l'inspecteur Mallet parvient à esquisser quelques pas incertains et regarde dans la pièce. Ce qu'il voit est une scène étrange dans laquelle un chat s'amuse avec la ceinture de la robe de chambre d'un vieillard étendu sur un tapis élimé. L'homme est mort ; il a les yeux ouverts sur une grande et maigre silhouette en survêtement noir qui tient une sarbacane entre ses mains osseuses.

Calme et grave, le tueur se retourne doucement sur les policiers et leur sourit.

L'inspecteur Sébastien Victor, à qui Canard a confié plus tôt le nom de l'assassin, dit à l'adresse de Mallet :

« Je te présente monsieur Mélisson ! »

Mallet se retient au chambranle de la porte et, balbutiant, articule :

« Mélisson ? Mais il est mort !

– Le frère aîné est mort. Mort en 1962 à Deir El-Médineh ! Voici monsieur André Mélisson, son cadet ! »

11
La « tache de vin »

DIOGÈNE fait un signe de la main. Il porte un index à ses lèvres et impose le silence à Quentin.

« Regarde », dit-il tout bas. Si bas que le grondement du périphérique couvre sa voix.

Il désigne un pigeon blanc qui se pose sur le toit de sa citerne. Il s'approche délicatement et se met à siffler quelques trilles à l'adresse de l'oiseau. Puis, se retournant vers le garçon, il ajoute :

« C'est le deuxième soir qu'il vient.

– Diogène ! s'impatiente Quentin. Nous sommes

vendredi, il est dix-huit heures et je n'ai pas beaucoup de temps.

– Je sais, c'est le soir de ton père qui sera en retard comme toutes les semaines. Bien, reprenons... Tu en étais resté au moment où tu as vu la photographie dans l'*Express*, c'est cela ?

– Oui, j'ai remarqué que le professeur Mélisson aîné avait une toute petite « tache de vin », juste au-dessus de l'œil droit.

– Et tu m'as dit, l'interrompt l'ermite, que sur la photographie représentant les trois archéologues devant le tombeau de Pazer, le professeur Mélisson jeune portait la même marque... Ce qui me paraît normal, jusqu'à présent.

– Suis-moi attentivement, Diogène, explique Quentin. Sur le cliché datant du 15 janvier 1962, Léonard Mélisson, qui pose avec ses deux confrères, a cette tache. On la lui retrouve plus tard, mais j'ai pu observer que sur toutes les photographies qui ont été prises de Mélisson à son retour d'Égypte, il n'avait pas ce signe distinctif ! C'est à ce moment que j'ai compris qu'il y avait eu une substitution d'identité ! Le professeur Mélisson, qui a été assassiné vendredi dernier, n'était pas le véritable Mélisson !

Depuis plus de trente ans, c'est une doublure ! Un faux ! Quelqu'un qui s'est fait passer pour lui dès le retour de Deir El-Médineh, et cela grâce à la complicité de Rébouvile et Lamorrisse. Ce n'est qu'avec le temps que l'imposteur a pu parfaire son rôle, aidé par les témoignages des deux autres égyptologues. Et c'est aussi à cette époque que, sans véritable raison, le faux Mélisson décide de rompre avec son jeune frère André, qu'il refuse de revoir. Pour cause ! Car André aurait pu découvrir rapidement la supercherie.

– Dans ce cas, qui a pris la place du professeur ? interroge Diogène, de plus en plus curieux.

– Le quatrième homme ! Celui qui se dissimule dans l'ombre de la photographie du 15 janvier 1962. Un associé secret de la mission Mélisson, un aventurier qui avait intérêt à ne pas se montrer… Cela, c'est mon père qui me le précisera. »

Diogène s'assoit dans son fauteuil pliant et, la tête penchée en avant, regardant le bout usé de ses chaussures, il réfléchit un instant et dit :

« Bon sang de bois, tout cela, je le comprends… Tu as fait chauffer tes neurones et l'ordinateur que tu as dans le crâne t'a sorti ce magnifique canevas de déductions, par contre comment as-tu pu découvrir que le tueur surgissant du passé était le cadet Mélisson ? »

Quentin sourit en jetant un coup d'œil à sa montre. Il dit :

« Là, le frère a signé son chef-d'œuvre ! C'est du grand art, le coup de l'Alzheimer ! Quel meilleur alibi peut-on trouver que cette effroyable maladie qui brûle votre mémoire ? Le faux Léonard Mélisson se terre dans son pavillon de Sèvres d'où il ne sort que pour quelques rares conférences. Un jour, André apparaît. Il annonce à celui qui se fait passer pour son frère qu'il est atteint de cette horreur ou, du moins, il le lui fait croire.

– Tu penses qu'André Mélisson avait découvert la tromperie ? s'exclame Diogène.

– Bien sûr. Il a dû faire un travail semblable à celui que j'ai fait. Il adorait son frère, lequel le lui rendait généreusement autrefois. À ce propos, la découverte du testament dans le coffre de Mélisson s'explique ! Le testament avait été rédigé en 1960 par le professeur en faveur de son jeune frère. Depuis, celui-ci aura lu tous les articles du faux Mélisson, vu les photographies, détecté quelques anomalies comme celle de la tache de vin et il en sera arrivé à la même conclusion que la mienne. Évident, non ? »

Le vieillard hoche la tête en soupirant :

« Ce qui m'effraye, Quentin, c'est que lui, André Mélisson, il aura consacré trente ans de sa vie pour réaliser ce que tu as deviné en moins d'une semaine ! Je me demande parfois si ton cerveau s'arrêtera un jour de se développer. »

Quentin fait mine de partir. Diogène le retient par la manche pour lui demander :

« En faisant croire au faux Mélisson qu'il était atteint par la maladie d'Alzheimer, André l'obligeait à lui fournir un alibi. Le prétendu Léonard ne pouvait pas se permettre de laisser courir dans la nature un « frère » imprévisible auquel, un jour ou l'autre, à la suite d'un incident, la police se serait intéressée, risquant de remonter plus haut... Jusqu'au secret concernant la mort du vrai Mélisson ! »

Quentin se dégage avec douceur de l'étreinte de son ami en précisant :

« Je dois y aller, maintenant.

– Mais tu n'as pas répondu à ma question ! Comment as-tu su que c'était André Mélisson qui vengeait son frère ? Rien ne pouvait te le faire comprendre. »

Quentin se dirige vers la palissade puis marque un temps et lance :

« J'ai fait un rapprochement… Tu sais, dans la nuit de samedi à dimanche, quand j'ai vu le regard de l'homme en imperméable…

– Eh bien ? lui crie Diogène de sa chaise.

– L'homme portait une petite « tache de vin » au-dessus de l'œil droit. Identique à celle de son frère ! »

12
Le testament

« CECI est mon testament. Je demande à ce qu'il soit publié peu après mon décès afin de rendre hommage à un homme mort par ma faute et celle du professeur Rébouvile.

À la fin de l'année 1961, la mission Mélisson qui poursuivait ses fouilles sur le site JB-33 de Deir El-Médineh ne comptait plus que trois membres officiels : les professeurs Mélisson et Rébouvile ainsi que moi-même.

Tous les trois, nous avions été abandonnés par les

contremaîtres et les ouvriers du chantier. Il ne restait avec nous qu'un individu dénommé Charles Blackstern dont nous avions caché l'identité et la présence à la presse. Ce personnage qui ressemblait légèrement au professeur Mélisson m'avait contacté au Caire en m'affirmant qu'il avait été, un temps, membre de la Confrérie des Bâtisseurs de Deir El-Médineh. D'après lui, cette antique société avait survécu comme certaines autres au-delà des siècles. En réalité, j'étais à peu près certain que Blackstern n'était qu'un intrigant bien renseigné et très intéressé par l'argent.

L'homme était brillant et sympathique ; je sus convaincre mes deux confrères de l'accepter secrètement dans nos recherches, d'autant plus qu'il avait effectivement une grande connaissance du site.

Au matin du 15 janvier 1962, nous sommes parvenus, au prix de nombreuses difficultés, à pénétrer dans la salle mortuaire de l'architecte Pazer après avoir déplacé une lourde dalle.

Comme je l'avais parfois noté lors de précédentes explorations, nous avons été saisis à la gorge par l'odeur du tombeau. C'était un mélange de menthe, d'encens et d'huile de cèdre.

Je me souviens encore de cette puanteur qui me donna la nausée comme à mes collègues. Depuis, j'ai raconté cet événement dans de nombreux articles.

La chambre funéraire de Pazer était assez petite. Nos lampes en éclairèrent les murs peints que le temps avait en partie rongés. Il ne demeurait qu'une scène allégorique représentant un chat muni d'un couteau et poignardant un serpent au pied de l'Arbre de Vérité.

Mélisson nous mit en garde. La voûte de la salle lui paraissait friable et l'air que nous venions de faire entrer pouvait altérer violemment la densité de l'atmosphère. Il proposa que l'on prenne le temps de placer des étais.

Nous étions sous le coup d'une telle émotion que nous le rassurions en lui disant qu'il s'inquiétait pour rien. Le plafond du caveau ayant tenu des siècles, il pouvait tenir encore quelques heures !

Toute la matinée fut employée à dégager le sarcophage de Pazer. En début d'après-midi, malgré les recommandations de Mélisson, nous avons fait plusieurs allers et retours afin de rapporter des bijoux et des masques dont l'un, superbe, figurant Anubis.

Mélisson se joignait à nous à contrecœur.

Fatigués, nous nous sommes arrêtés vers seize heures et Rébouvile a eu l'intention de prendre une photographie avec son appareil à retardement.

Alors que Rébouvile réglait le déclenchement, j'ai pris conscience que, dans l'euphorie, nous avions laissé Blackstern entre nous.

J'ai juste eu le temps de lui demander de se cacher dans l'ombre du rocher, derrière nous, de telle manière qu'il n'apparaisse pas sur le cliché.

Le drame est arrivé peu après. Nous avons décidé de retourner dans la tombe pour y prendre des urnes que nous avions laissées. Mélisson nous a certifié qu'il avait perçu des craquements au cours du voyage précédent.

Mais cette fois encore, nous ne l'avons pas écouté et il nous a suivis en nous traitant d'inconscients.

Arrivés de nouveau tous les quatre dans la salle funéraire, nous avons effectivement entendu le bruit singulier de pierres qui frottaient les unes contre les autres. De la poussière et du sable tombaient du plafond. Un moellon s'est détaché et a atteint Mélisson à l'épaule droite, le déséquilibrant et le jetant au sol.

Blackstern a crié que nous devions détaler. Dans l'affolement, je n'ai pensé qu'à fuir. Des pierres s'éboulaient de toutes parts. Nous couvrant la tête de nos bras, nous nous sommes dégagés de la salle dont la voûte n'allait pas tarder à s'effondrer.

Ce n'est que dans le tunnel de sortie que j'ai réalisé l'horreur de notre geste ! Nous venions d'abandonner Mélisson blessé et incapable de s'échapper sans aide.

J'allais revenir en arrière lorsque Rébouvile m'a retenu en me faisant comprendre que cela serait inutile.

Il y eut un premier cri. Mélisson nous appelait à son secours. Sa voix fut couverte par les grondements et les crissements que faisait la voûte.

Un second cri encore plus tragique déchira le fracas de l'effondrement. Mélisson hurlait de frayeur et de douleur, nous implorant, nous suppliant, nous appelant par notre nom !

Je l'entends encore aujourd'hui. J'entends sa voix hachée de sanglots nous maudire pour notre lâcheté… Je crois que même la mort ne pourra pas effacer de ma damnée mémoire ses derniers mots, prononcés dans la folie de la colère et de la panique :

« Je reviendrai vous punir un jour ! Je le jure par Thot, Sekhmet et Anubis ! Je le jure ! »

Puis ce fut fini. Rébouvile et moi, nous avons été anéantis à la fois par notre attitude mais surtout par l'idée que nous aurions des comptes à rendre au sujet de la mort de notre confrère.

Nous étions venus jusqu'ici pour récolter la gloire et nous allions y perdre notre honneur.

Charles Blackstern nous exposa son idée le soir même…

C'est ainsi qu'il décida de se laisser pousser barbe et moustache pour prendre l'identité de celui que notre couardise avait tué.

Le professeur Léonard Mélisson qui est revenu de Deir El-Médineh était un imposteur. Rébouvile et moi, nous l'avons aidé à tenir son rôle pendant les premières années, cachant ainsi notre faute.

La duperie n'était pas difficile à maintenir. Blackstern s'était coulé dans la peau de son modèle avec un rare talent. Il ne rédigeait plus rien de sa main et utilisait la machine à écrire pour éviter que sa graphie puisse le trahir. Par contre, il s'était entraîné à imiter la signature de Mélisson à la perfection.

Dans la défroque du défunt professeur, Blackstern

précisa la mentalité de ce dernier, allant jusqu'à paraître bientôt un vieil ours.

Il m'a souvent semblé que Charles Blackstern, avec les années et, sans doute pour expier le délit du 15 janvier 1962, s'était réellement fondu dans la personnalité de Mélisson !

Je pense qu'il était devenu, à sa manière, Léonard Mélisson.

Un jour, nous avons décidé de ne plus nous revoir ni de nous contacter. Jusqu'à hier matin.

C'est hier, en effet, que le professeur Rébouvile m'a téléphoné. Nous venions d'apprendre que Léonard Mélisson était revenu d'entre les morts, accompagné d'une armée de chats. Ces chats sacrés qui ont pour tâche de tuer les serpents tels que moi et de faire fleurir l'Arbre de la Vérité.

J'ai dit,

Henri Lamorrisse. »

Sébastien Victor a terminé de lire la photocopie du testament de Lamorrisse. Il regarde Quentin qui avale son dernier morceau de pizza.

« Superbe, ta pizza, p'pa !

– C'est tout ce que tu peux me dire après avoir écouté la lecture de ce testament !

– Peut-être qu'elle manque un peu d'olives, tu ne crois pas ? Tu aurais dû en mettre des noires !

– Tu te fiches de moi ! »

Quentin s'essuie la bouche et éclate de rire.

« Bien sûr, avoue-t-il. Tu n'attends qu'une chose, c'est que je te dise que je suis fier de toi. Tu as classé cette affaire en deux temps et trois mouvements ; chapeau ! Tu es sur le chemin de l'avancement, p'pa. Il y a une petite odeur de commissaire dans cette pièce... »

Sébastien Victor rougit légèrement. Il va pour parler de Canard à qui il doit une partie des éloges de son fils, mais il se retient.

« Et le frère, André? Quelle genre de peine encourt-il ? interroge le garçon. Il a tout de même réalisé un petit massacre en quelques jours. À cinquante cinq ans sonnés, ce n'est pas un mauvais score. Voilà que les papys se mettent à jouer les vengeurs masqués ! Tu vois, on commence à encaisser les ondes de choc du baby-boom d'après guerre. »

L'inspecteur répond :

« Il ne subira aucune peine.

– Tiens, s'étonne Quentin. Et par quel tour de passe-passe on va le blanchir ?

– Le temps va s'en charger. C'est sa mémoire qui est en train de se blanchir d'elle-même. »

Quentin vient de comprendre. Il laisse son père conclure :

« Il est réellement atteint par la maladie d'Alzheimer. Il n'en est qu'au tout début, bien sûr. Mais un médecin le lui a confirmé et, dans un an à peine, il aura sans doute oublié ses trois crimes. Il aura tout oublié… Son frère aîné qu'il aimait et dont il n'a jamais supporté la séparation, l'enquête qu'il a suivie, le plan de sa vengeance. Son cerveau va s'éteindre progressivement, mais implacablement pour le conduire à un état végétatif. Voilà sa condamnation…

– Et avant de quitter la scène, il a accompli sa besogne, ajoute Quentin. Il devait sortir de sa chambre de la maison de retraite avec une facilité déconcertante, n'est-ce pas ?

– En effet. Il avait fait croire qu'il était très agité et on lui prescrivait des somnifères qu'il faisait semblant d'avaler pour s'échapper par la fenêtre la nuit ou le matin, avant que les infirmiers viennent pour sa toilette. T'ai-je dit qu'il avait été alpiniste ? J'ai eu ce renseignement par mon stagiaire, un jeune gars un peu coincé mais qui fait du bon boulot. Je l'ai mis sur la piste du tueur aussitôt que j'ai compris qu'il s'agissait d'André Mélisson. »

Quentin regarde son père qui n'a jamais été un très habile menteur et remarque :

« C'était malin de sa part. Personne n'aurait pu soupçonner un malade abruti de calmants dans un asile. Où cachait-il son matériel ? Sa sarbacane et ses poisons ?

– Il nous l'a dit lors de son arrestation. Il avait conservé une chambre en ville qu'il regagnait avant ses expéditions criminelles. Il y nourrissait ses trois chats. »

Quentin quitte son siège et débarrasse la table. Se rendant dans la kitchenette, il demande à son père :

« Un café, commissaire ?

– Oui, je veux bien. Mais ne brûlons pas les étapes… J'aurais besoin d'autres affaires comme celle-ci pour monter en grade.

– Tu les auras », affirme Quentin avec assurance.

Épilogue

IL l'appelle.

Son frère se retourne sur lui et lui fait signe de le rejoindre. Le geste est lent dans la lumière de l'été.

André a repris sa course et se retrouve auprès de Léonard. Celui-ci lui annonce qu'il va retourner en Égypte, sur le site de Deir El-Médineh. Il y restera quelques mois.

Nous sommes en juillet 1961. Dans un souvenir… Une image qui ressemble à une photographie que le temps effacerait lentement. Les couleurs sont déjà moins éclatantes, le décor est un peu flou, comme recouvert d'un voile opaque.

André est triste, mais Léonard le réconforte, lui expliquant qu'au retour de sa mission, ils iront tous les deux à la montagne.

La voix de Léonard n'est plus très précise. Les mots prononcés se heurtent et se confondent dans l'esprit d'André.

C'est un souvenir. Ou un rêve.

Le rêve fragile d'un homme qui devine que, demain, sa mémoire sera encore moins précise. Car tous les jours qui se suivent recouvrent son esprit d'une épaisse poussière, le transformant en un tombeau vide.

Seules, trois odeurs flottent et dansent encore, pareilles à trois fantômes éternels.

Du même auteur

Éditions Lombard

• Les huit jours du Diable

Éditions Glénat

• Les héritiers du Soleil, *Prix du meilleur scénario*

• Neige - dessins de Gine *(cette série obtient trois prix du meilleur scénario et l'Alfred jeunesse au Festival d'Angoulème)*

• Les Souvenirs de Toussaint - dessins de Dermaut *(Prix du meilleur scénario au Festival de Hierres)*

• Le Sourire du Fou

Éditions Dargaud

• Editnalta

• Chats !

• Polka - dessins de Siro

• Finkel - dessins de Gine *Éditions Delcourt*

• La nuit du Président - dessin de Paul *(Primé à Hierres)*

Achevé d'imprimer en dècembre 2003 par V. Bona - Turin (Italie)
Dépôt Légal: Octobre 1997
N° éditeur : 2003/553